KB115167

Red Chronicle

레드 크로니클

FUSION FANTASTIC STORY

김현우 퓨전 판타지 소설

레드 크로니클 12권

김현우 퓨전 판타지 소설

초판 1쇄 찍은 날 § 2014년 10월 29일
초판 1쇄 펴낸 날 § 2014년 11월 5일

지은이 § 김현우
펴낸이 § 서경석

편집부장 § 권태완
편집책임 § 박은정

펴낸곳 § 도서출판 청어람
등록번호 § 제387-1999-000006호
등록일자 § 1999. 5. 31
어람번호 § 제1-1963호

주소 § 경기도 부천시 원미구 심곡2동 163-2 서경B/D 3F (우) 420-822
전화 § 032-656-4452 팩스 § 032-656-4453
http://www.chungeoram.com
E-mail § chungeorambook@daum.net

ⓒ 김현우, 2013

ISBN 979-11-316-9251-6 04810
ISBN 978-89-251-3523-6 (세트)

※ 파본은 구입하신 서점에서 교환하여 드립니다.
※ 저자와 협의하여 인지를 붙이지 않습니다.
※ 이 책은 도서출판 청어람과 저작자의 계약에 의해 출판된 것이므로,
　무단 전재 및 유포 · 공유를 금합니다.

레드 크로니클

Red Chronicle

김현우 퓨전 판타지 소설
FUSION FANTASTIC STORY

12

도서출판 청어람

CONTENTS

제1장
진실의 무게

모든 상황을 정리한 뒤, 티엘과 켈그라인이 자리에 마주 앉았다. 아직 온전한 몸 상태가 아닌 슈크라인은 뒤쪽에 밀려 엉거주춤 자리를 지키는 것이 고작이었다.

켈그라인을 바라보는 티엘의 눈은 차갑게 가라앉아 있었다. 필요에 의해 슈크라인을 치료했지만 언제라도 손쓸 수 있을 만큼 둘의 거리는 가까웠다.

위협적인 그의 기세를 정면으로 접하고 있었지만 오히려 미소를 띠고 있었다.

"그럼 중간계 수호라는 얼토당토않은 말을 한 것에 대한

답을 들어볼까."

"하하! 성질이 급하시군요."

묘하게 말을 돌리려는 모습에 티엘이 피식 웃었다. 그리고 손을 들자 뒤쪽에서 비명 소리가 울려 퍼졌다.

"끄악!"

쓰러진 것은 바로 슈크라인이었다. 가슴에 일직선으로 길게 상처가 난 틈으로 피가 흘러내리고 있었다.

큰 부상이지만 소멸은 면할 수 있는 상처였다. 놀란 켈그라인의 귓가로 티엘의 음성이 울려 퍼졌다.

"네가 꺼낸 떡밥 때문에 내가 치료했다는 걸 알도록."

"음, 알겠습니다. 그렇게 말씀하시니 더 이상 장난은 치지 않겠습니다."

여차하면 몸을 회복한 슈크라인과 합공할 모양새를 취하여 은근슬쩍 넘어가려던 켈그라인은 자신의 생각이 들켰다는 걸 깨닫고 쓴웃음을 지었다.

하지만 이미 벌어진 일을 어쩔 수 없는 법, 처참하게 당한 슈크라인을 보고 가볍게 고개를 저으며 천천히 말문을 열었다.

"그러니까 어디서부터 말을 해야 할까요. 우선 본론에 들어가기 전에 세상에서 우리 마족에 대한 인식을 언급해야 할 필요가 있습니다. 티엘 님은 어떻게 생각하실지 모르나 우리 마족은 세상에 알려진 것처럼 그렇게 사악한 종족이 아닙니다."

"지나가던 개가 웃겠군. 마족이 중간계에서 저지른 패악을 모르지 않을 테데?"

"그야 중간계의 인간이 가져다주는 마이너스 감정이 우리의 힘을 키우는 데 도움이 되기 때문입니다. 인간이 가축을 길러 식량으로 삼는 것과 비슷합니다. 물론 그 인간 중에서 감당하기 힘든 인물이 나타나기는 합니다만."

쉽게 비유하다가 인간을 가축으로 칭했다는 걸 깨닫고는 멈칫하며 티엘의 눈치를 살폈다.

하지만 그의 안색이 평온한 것을 확인하곤 가볍게 안도의 한숨을 몰아쉬곤 말을 이어나갔다.

"어쨌든 그 부분에 대해서는 인간의 인식이 그러할 수밖에 없다는 건 인정합니다. 하지만 그와 별개로 보면 마족은 인간의 상위 종족으로 포식자 위치를 점하고 행동한다고 보면 됩니다."

"그래서 하고 싶은 말은?"

"하하! 마족이 그렇게 마냥 나쁘지 않다는 말을 하고 싶을 뿐이었습니다. 그에 반해 인간은 천족에 대해 지나칠 정도로 관대하더군요. 위선을 둘러쓰고 고고한 척하는 그들이야말로 인간에게 있어 가장 천적인데 말입니다."

중간계 인간들이 갖고 있는 천족에 대한 이미지는 고고함, 성스러움 등이었다.

　그들은 신의 의지를 대변하며, 대륙에 찬란한 영광을 가져다줄 존재로 인식하고 있으니 대립하는 마족인 켈그라인 입장에서는 기가 찰 수밖에 없었다.

　"천족의 인식이 그런 편이지."

　"제가 마족인 것을 떠나 천족이란 종족은 절대 긍정적인 평가를 내릴 수 없습니다. 그들은 절대 선을 가장한 음흉한 속내를 숨기며 상대를 파멸로 이끄는 종족입니다."

　"그렇더군."

　너무나 순순히 수긍하는 티엘의 태도에 말을 하던 켈그라인이 오히려 멈칫했다.

　"…천족을 보신 적이 있습니까?"

　"있다면?"

　티엘에게는 천족에 대한 아주 안 좋은 추억이 있었다. 비록 전생의 경험이지만 위선을 앞세운 그들의 조용한 침공은 대륙을 멸망으로 몰아넣을 뻔했다.

　지금 생각해도 아찔함의 연속이었고, 마족보다 더 상대하기 어렵고 음흉하다는 생각을 지우지 못했다.

　그 사실을 모르는 켈그라인은 티엘이 천족의 음흉함을 알아주는 것만으로도 표정이 밝아지며 신 나게 말을 이어

나갔다.

"그렇다면 이야기는 더 쉬워지겠군요. 천족은 우리 마족뿐만 아니라 이곳 중간계에서도 배척당해 마땅한 이들입니다."

"천족에 대한 인식을 심어줄 필요는 없다. 내가 원하는 대답은 왜 마족의 입에서 중간계 수호라는 단어가 나오는지 궁금할 뿐."

"간단하게 말하면 현재 중간계는 천계의 침공 위기에 놓여 있습니다."

"천계의?"

"그렇습니다. 마족과 천족은 오랫동안 대립하며 자웅을 겨뤄왔습니다. 힘의 균형이 팽팽하나 각자의 세계에서 발휘할 수 있는 힘의 크기가 월등하다 보니 서로의 영역에 침범하지 못했을 뿐입니다."

마족이 호전적인 종족으로 알려져 있지만 천족 또한 힘을 기르기 위해 수단과 방법을 가리지 않을 만큼 탐욕스러운 종족이란 의미였다.

"천족은 지속적으로 중간계로 향하는 통로를 개척해 왔습니다. 그리고 차원의 벽을 깎아내며 최대한 많은 힘을 가지고 중간계에 강림하고자 했지요."

천족은 중간계에 강림한 뒤, 자신들에게 마냥 호의적인 인간들의 지원에 힘입어 강력한 힘을 얻어낼 작정이었다.

하지만 그것을 그냥 지켜보고 있을 마족이 아니었다.

"마족끼리 대립이 있지만 천족에 비할 바는 아니지요. 그래서 몇몇 마황의 지휘 아래 대마왕과 마왕이 힘을 합쳐 천족의 계획을 방해했습니다. 그리고 그들이 개척한 통로를 빼앗을 수 있었습니다."

"그리고 중간계에 강림했군."

"예, 천족이 잠입할 여지를 지워 버리기 위함입니다."

힘차게 고개를 끄덕였지만 티엘은 턱을 매만지며 말했다.

"어차피 자기 욕심을 채우면서 중간계 수호라는 거창한 단어를 입에 담을 정도는 아닌 걸로 보이는데."

"물론 슈크라인이 실수를 저질렀다는 건 인정합니다. 하지만 천족의 침공은 마족의 것과 비교도 되지 않을 만큼 강력할 것입니다."

"그래서 마족이 대신 막아주려고 한다?"

"차원의 문을 빼앗았어도 천계의 힘이 작용한 이상 지켜내기는 어렵습니다. 그동안 그들이 개입할 여지를 최대한 줄여놓는 것이지요."

"인간 입장에서 생각하면 마음에 들지 않는 말이로군."

"하하! 하지만 티엘 님이 도와주시면 천족은 중간계를 넘볼 엄두를 내지 못할 것입니다."

"……."

켈그라인은 웃으면서 호언장담을 했지만 티엘의 생각은 달랐다.

이미 차원의 벽은 얇아지고 있고, 천계의 시선이 중간계를 향한 이상 피할 수 없는 일이였다. 그것을 밀으티고 개도 신의 대리자라 칭하며 인간에게 다가가는 천족은 신성불가침 존재로 인정받을 것임이 분명했다.

"천족도 모조리 죽여야 하는가."

"그래주시면 좋겠지만, 천족의 힘은 결코 만만치 않습니다."

"인간에게 두드려 맞는 마왕의 말이 믿음직하다고 보는 건 아니겠지?"

"끙! 티엘 님이 특별한 것 아닙니까."

"그렇다고 치고. 더 말하지."

"예? 제 말은 끝났습니다만."

어리둥절한 기색을 보였지만 눈 깊숙한 곳에 스쳐 지나가는 당혹스러움을 읽지 못할 리 없었다.

그와 동시에 티엘의 눈이 차갑게 가라앉았다.

"날 바보라고 여기는 건가."

"……."

켈그라인은 꿀 먹은 벙어리가 되어 아무 말도 하지 못했다.

설마하니 그가 자신의 거짓까지 간파할 줄은 몰랐던 것

이다.

'말을 해야 하나?'

머릿속이 어지러워졌다. 마음은 말을 하지 말아야 한다고 했지만 저 투명한 두 눈 앞에서 진실을 숨길 수 있을 것 같지 않았다.

"어떤 점 때문인지 물어봐도 되겠습니까?"

"단순히 마족과 천족의 전쟁으로 보기에 중간계란 배경을 선택할 이유가 없어 보였다. 드래곤은 폼이 아닐 테니까."

드래곤이 마왕이나 천왕에 비해 부족하다고 하나, 마족과 천족이 중간계에 온전한 힘을 지니지 못한 채 강림하면 충분히 상대할 수 있다.

달리 용족이 중간계의 수호자라 불리는 것이 아니다.

켈그라인은 한숨을 푹 내쉬었다.

"…역시, 속이는 건 불가능한 일이군요."

"천족과 마족이 중간계로 진입하려는 건 좀 더 깊은 이유가 있다는 의미겠지."

"예, 맞습니다. 이번 중간계 침공의 이면에는 신의 의지가 개입되어 있습니다."

"신의 의지라……."

전생에서도 들어본 적 없는 말이었다. 티엘의 두 눈에 호기심이 스쳐 지나갔다.

결국 모든 진실을 밝히게 된 켈그라인은 깊게 한숨을 내쉬었다.

"후우, 숨기려고 해도 숨길 수가 없군요. 티엘 님은 신계의 신이 선악의 구분이 무의미하다는 건 아십니까?"

"알고 있다."

"수직적인 관계는 아니지만 마신과 중도 악신의 보살핌으로 마족의 계보가 이어지고 있습니다. 지난 시간 동안 마족과 천족이 힘을 쌓은 것도 있지만 용족은 개체 숫자가 줄어들면서 조금씩 수호의 여력이 줄어들고 있지요. 질서와 선의 성향을 지닌 신은 이 기회에 용족의 영향력을 축소하고 중간계를 온전히 자신들의 영향력 하에 두고 싶어 했습니다."

"그걸 천족에게 시켰다?"

"그렇습니다. 그리고 우리는 그것을 순순히 지켜볼 수 없었습니다."

"천족의 힘이 향상되는 건 재앙일 테지."

"맞습니다. 우리는 천족의 침공을 막고, 용족을 자극하여 천족에 대한 대응력을 기르는 것입니다. 그들이 적극적으로 움직이면 보다 쉽게 그들을 제지할 수 있으니 말입니다."

켈그라인이나 슈크라인은 용족을 자극하기 위한 선발대 개념이었다.

그들의 목표는 천족의 침공을 제지하는 것이었고.

세상이 뒤집히고도 남을 이야기였지만 티엘의 얼굴에는 큰 변화가 없었다.

오히려 입가에 미소를 지은 채 고개를 끄덕였다.

"재미있는 이야기였다."

"도와주실 생각이……."

"없다."

"이대로 중간계를 천족에게 넘겨줄 생각입니까?"

단호한 그의 대답에 켈그라인이 순간 날 선 목소리로 반문했지만 돌아온 것은 티엘의 싸늘한 대답이었다.

"내가 그럴 거라 생각하나?"

"그럼?"

"마왕의 말을 듣고 순순히 믿는 어리석은 인간이 어디 있나? 다른 곳에서 이야기를 들어보고 판단할 문제지. 어쨌든 재미있는 이야기였다."

"끄응."

표정을 구긴 켈그라인이 앓는 소리를 흘렸다. 경과가 어떻게 되었든 완전히 티엘의 손에 놀아난 꼴이란 걸 부인할 수 없었다.

"듣고 싶은 건 모두 들었으니 조용히 돌아가도록 하지. 대신, 중간계에 분탕질 치는 것은 가급적 자제하도록. 내 주변에 영향만 끼치지 않으면 상관하지 않겠지만."

너무 옥죄면 온건한 켈그라인이라고 해도 숨겨진 본래 흉성을 드러낼지 몰랐다. 어느 정도 선을 제시한 티엘이 가볍게 손을 젓자, 의지 아래 놓인 마나가 위클린 공작 일가와 헤수스 남자이 몸을 허공에 띄웠다.

망설이지 않고 밖으로 나가던 티엘이 돌연 멈춰 서며 켈그라인에게 고개를 돌렸다.

"그러고 보니 한 가지 궁금한 게 있는데."

"뭡니까? 숨기는 게 없으니 마음껏 물어보시지요."

"카를렌스는 왜 제거했던 거지?"

흑룡왕인 카를렌스는 모든 블랙 드래곤의 로드였다. 그 존재감은 마왕에 비해 뒤처지지 않기에 큰 힘이 될 것임이 분명했다.

"아아, 카를렌스가 천족의 앞잡이였다면 믿으시겠습니까? 위대한 마신을 숭배하겠다고 맹세한 카를렌스는 맹약을 어긴 배신자입니다."

"그렇군. 그래서 제거했던 거였어."

그 덕분에 클레디오 백작이 힘을 얻었으니 마냥 손해 보는 것은 아니었다.

고개를 끄덕인 티엘은 가볍게 손을 저은 뒤 몸을 돌렸다.

"그럼 잘해보라고. 다음에 볼 수 있으면 보도록 하지."

허공에 둥둥 뜬 포로들을 데리고 자취를 감춘 그였다.

티엘이 벗어난 자리에 켈그라인은 방금 전 내화를 떠올리고는 쓴웃음을 지었다. 일부 진실만 털어놓고 움직이려고 했지만 모든 내용을 발설하고 자신이 원하는 것은 얻지도 못했다.

"이거, 마황께서 알게 되면 왕창 깨지겠군."

"왜 말한 거냐, 켈그라인."

그제야 부상에서 어느 정도 회복한 슈크라인이 날카로운 목소리로 질책했다.

"어차피 숨길 수 있는 상대가 아니란 걸 알고 있지 않나."

"그래도 신의 의지를 일개 인간에게 알리는 것은 잘못된 일이다."

"이미 알려 버린 이상 별수 없지."

심각한 슈크라인과 달리 켈그라인은 그다지 개의치 않는 기색이었다.

"자세히 말하도록. 그렇지 않으면 보고를 올릴 수밖에 없다."

"언제부터 전마왕이 이렇게 겁쟁이가 되었는지 모르겠는데."

"지금 그런 같잖은 도발로 넘어갈 수 있는 사안이라 생각하는 건가?"

슈크라인이 시비조로 말하며 기운을 일으켰다. 몸 상태가 정상이 아니기에 켈그라인에게 어떠한 영향도 끼칠 수 없었지만 그의 각오가 전해졌기에 그는 자신의 생각을 꺼내 들 수밖에 없었다.

"일종의 선입견을 심어주기 위함이지."

"선입견?"

"천족에 대한 부정적인 이미지를 심어주려고 했다. 우리가 아무리 노력해도 천족의 침공은 이미 기정사실화되어 있지. 중간계로 통하는 통로를 만들려고 해도 이미 천족의 전력 대다수가 중간계에 발을 딛게 되겠지. 그때가 되면 용족보다 더 큰 전력이 될 수 있는 것이 티엘이라 생각했을 뿐이다."

"아무리 강해봤자 혼자다. 강한 힘을 지닌 인간이라고 해도 너무 기대를 하고 있군."

"그렇게 보았나? 내가 본 것과는 상당 부분이 다른 것 같은데."

"뭐가 다르다는 거지? 내가 보지 못한 거라도 있다는 건가?"

모든 일에 여유를 갖고 마치 자신을 한 수 아래 상대로 여기는 듯한 말투에 슈크라인은 불쾌감을 드러냈다.

켈그라인은 오히려 조소를 지었다.

"티엘이라는 인간은 아직 한 번도 자신의 전력을 꺼낸 적이 없다. 전마왕, 자신의 힘을 과시한 나머지 자신을 제압한 힘이 그 인간의 모든 선택이라고 생각하는 것은 아니겠지?"

"…이익!"

"전마왕이여, 자신을 과신하지 마라. 전쟁을 즐기는 것은 인정하나, 제대로 된 전력을 발휘할 수 없는 상황에서 지금 같은 모습은 너무 오만하지 않은가."

켈그라인과 슈크라인은 마계에서 부딪친 적이 없지만 티엘을 놓고 생각하는 바는 판이하게 달랐다.

그리고 그 기 싸움에서 우위를 점한 것은 온전한 몸 상태의 켈그라인일 수밖에 없었다.

"좋다, 다 맞다고 치자. 그러더라도 용족과 충돌을 일으킬 수밖에 없다."

티엘은 인간이지만 성격이 너무나도 오만했다. 그것은 천족을 막는 데 가장 큰 역할을 할 드래곤과 충돌을 야기할 것이 분명했다.

"그가 해결하길 믿는 수밖에."

"흥! 무책임한 말이로군."

"어쨌든 천족에 대한 부정적인 이미지를 심었으니 기대하는 수밖에. 우리도 이 자리를 벗어나도록 하지."

언제 대립했냐는 듯, 한결 상냥해진 켈그라인의 말투에 슈크라인이 고개를 끄덕였다.

위클린 공작 일가와 헤수스 남작을 생포하면서 칼헤린 지방은 충격에 사로잡혔다.

약 삼십여 넌 동인 칼헤린 지방의 절대자로 군림했던 위클린 공작이 티엘의 손에 떨어졌다는 것은 칼헤린 지방이 점령되었다는 것과 다를 바가 없었던 것이다.

하지만 그다음 행보는 그들의 예상과 사뭇 달랐다.

본격적으로 위클린 공작을 이용하여 칼헤린 지방의 점령을 도모하지 않았던 것이다.

오히려 군을 이끌고 위클린 공작가를 벗어나더니, 차례대로 칼헤린 지방에서 철수를 시작했다.

그리고 은밀한 소문이 칼헤린 지방에 퍼졌다.

―로운 후작의 의도는 위클린 공작을 잡는 것뿐이다! 칼헤린 지방에는 관심이 없다!

그 소문에 부합하듯 그가 보이는 행보는 정말 칼헤린 지방의 점령에 관심이 없어 보였다.

자연히 이런 행동에 몇몇 영주는 그의 속내를 간파하고 코웃음을 쳤다.

오랫동안 칼헤린 지방의 중심을 잡아온 위클린 공작이 사라졌다. 이는 위클린 공작가가 흔들린다는 말이 되며, 구심점이 사라진 칼헤린 시방의 가장 큰 권력이 공백으로 남는다는 말이 된다.

그리되면? 패권을 노리는 귀족들이 움직일 것은 당연한 일이다.

당연히 모든 일을 조장한 것이 티엘이었고, 그가 노리는 것도 칼헤린 지방의 전력을 소모한다는 걸 의미했다.

하지만⋯⋯.

그 사실을 알고 있다고 해도 달라지는 것은 없었다.

누구의 것도 아니게 된 위클린 공작가는 가장 먼저 차지하는 자가 곧 주인이 되어버릴 것이다.

시작은 파헬 남작이었다.

위클린 공작가 경비대장인 그는 자신을 따르는 심복들을 이용하여 공작가를 차지하기에 이르렀고, 모든 병사를 통제하에 두면서 강력한 힘을 쥐게 되었다.

이를 그냥 지켜보고 있을 귀족들이 아니다.

서로 눈치를 보고 있는 상황에서 엄한 놈이 가장 맛있는 것을 차지한다는 건 있을 수 없는 일이다.

군을 주둔시키고 기회를 엿보던 귀족들이 위클린 공작가로 진군을 시작했고, 충돌이 벌어지면서 칼헤린 지방은 혼란의 도가니로 빠져들었다.

모든 것은 티엘이 원하는 방향이고, 클리멘트 남작의 계책이었다.

길헤린 지방이 혼란으로 빠져든 정보를 접하게 된 것은 티엘이 가문으로 복귀하고 나서였다. 함성을 지르며 원정군을 맞이하는 백성들을 보던 티엘은 정보부에서 가지고 온 문서를 보고 피식 웃음을 지었다.

"나쁘지 않군."

"대성공입니다. 위클린 공작가는 더 이상 가문의 위협이 되지 못할 것입니다."

"그럴 테지."

적이지만 위클린 공작은 오지인 칼헤린 지방을 성공적으로 개척하여 힘을 기르고 한 왕국을 세운 인물이었다. 강력한 지도력을 발휘하던 그의 실종은 칼헤린 지방을 혼란으로 몰아넣기에 충분할 터였다.

"위클린 공작은 어떻게 하실 생각인지요?"

"고민 중이다."

"그는 황족입니다. 죽이는 것은 주군께 여러모로 부담이 될 겁니다."

황족 출신인 위클린 공작을 죽이기에는 티엘에게 명분이 부족했다.

클리멘트 남작은 그 점을 우려했고, 가급적이면 위클린 공작을 죽이지 않길 원했다. 그리되면 사칫 강력한 권력을 쥔 히드로 2세에게 명분을 제공하는 꼴이 된다고 여겼던 것이다.

"그럼 살려두자?"

"위클린 공작이 주군과 충돌을 빚은 것은 사실이지만 죽이기에는 황족 출신이라는 것과 한 지방의 영주였다는 점이 부담으로 작용합니다."

"틀린 말이 아니군."

하나하나 모두 맞는 말이다. 티엘이 칼헤린 지방의 원정을 결정한 것도 전생의 고민이 우려로 작용해서였지, 당장의 위협이 되어서가 아니었다.

하지만 사전의 우려로 행동에 옮기다 보니 최악의 결과를 낳고 말았다.

"어떻게 했으면 좋겠나?"

"우선 최대한 억류에 신경을 쓰셨으면 합니다. 시간은 우리의 편인만큼 참을성을 가지고 기다리면 위클린 공작은 무너지고 칼헤린 지방은 혼란에 빠져들 것입니다."

"좋다, 그 결정을 따르지."

"감사합니다."

위클린 공작을 살려둠으로써 얻을 수 있는 이익은 무궁무

진해졌다!

클리멘트 남작의 눈이 반짝 빛났다.

제국 남부의 거대한 파란은 황도까지 그 여파를 끼쳤다. 모든 권력을 장악하고 절대적인 영향력을 행사하게 된 히드로 2세가 자신의 손에 쥐어진 명분을 놓칠 리 없었다.

"로운 후작이 기어코 일을 벌였군."

"그의 행동은 실로 대담하기 그지없습니다. 위클린 공작님이 사로잡히면서 제국 남부에서 로운 후작가를 견제할 수 있는 세력은 사실상 사라졌습니다."

"하지만 짐이 건재하다. 로운 후작이 아무리 세력을 키워도 짐에게 대항할 수 없는 노릇. 그리고 짐의 곁에는 글리센 백작이 있지 않은가."

"지당하신 말씀입니다."

카이후가 고개를 깊게 숙였다. 레디븐 백작을 배반하고 히드로 2세를 모시기 시작한 카이후는 정변을 성공으로 이끌면서 백작의 작위와 함께 글리센이란 성을 하사받았다.

"하오나 로운 후작의 역량을 간과해서는 안 됩니다. 그의 휘하에는 뛰어난 기사들과 제국을 오시할 수 있는 책사진이 포진되어 있습니다."

"이미 유명하지."

절대강자인 클레디오 백작과 마블론, 마스터인 렉스터 남작, 히멜 남작과 카르딘 남작, 그윈 등은 대단한 기사였고, 클리멘트 남작, 에조 남작, 슈마커 남작으로 이루어진 군사부의 두뇌는 제국 전역을 아우른다고 봐도 무방했다.

그리고 그 정점에 서 있는 티엘 로운 후작.

마왕마저 패퇴시킨 절대적인 무위는 이미 인간의 한계를 초월했다고 알려졌다.

히드로 2세는 티엘을 생각하면 작아지는 자신을 발견했다. 그리고 사랑하는 로즈마저도 그를 사모한다는 사실에 불같은 질투심이 가슴을 지배해 나가는 것을 느꼈다.

"글리센 백작."

"예, 폐하."

"로운 후작을 뛰어넘을 방법이 없는 것인가."

한숨 비슷한 중얼거림이었다. 짙은 실망감이 서려 있는 모습에 카이후는 속이 복잡해짐을 느꼈다.

'이대로는 안 된다. 권력을 차지했는데, 로운 후작에게 열등감을 느낀다면…….'

현재 히드로 2세가 가장 조심해야 하는 인물이 바로 로운 후작이다.

제국에서 가장 거대한 세력을 지닌 제후는 윈스터 후작이나, 그는 명문가의 후손으로 여전히 황실을 존중하는 모습을 보이고 있다.

그것은 로운 후작의 장인이기도 한 아스트롱 공작도 마찬가지. 하지만 그에게 기울었다고 봐도 무방했기에 그는 북쪽이 윈스터 후작, 남쪽의 위클린 공작과 함께 공동 전선을 펴쳐 동으로 레디븐 백작을 압박하고 남으로 로운 후작을 압박하고자 했다.

그러나 결과는 대실패였다. 아니, 시도하기도 전에 무산되었다고 해야 함이 옳았다.

'로운 후작은 위험하다.'

윈스터 후작처럼 체면 때문에 황실을 존중하는 모습을 보이는 인물도 아니고, 모른 척 외면하는 위클린 공작 같은 인물도 아니다.

자기감정을 그대로 드러내고, 그것을 감당할 만한 힘을 지닌 인물이다. 아직 힘을 완전히 자신의 것으로 만들지 못한 상황에서 뻗대는 모습은 최악의 상황을 일으킬 수 있다.

"현재로서는 상대할 방법이 많지 않습니다. 하오니 폐하, 로운 후작을 끌어들임이 어떻습니까?"

"끌어들인다?"

"로운 후작은 길들이기 힘든 맹수와 같습니다. 그러니 그를 복잡하게 대할 것이 아니라 차라리 폐하의 품으로 끌어안아 차근차근 길들이는 작업이 필요합니다."

"그런다고 짐이 얻는 바가 있나."

"있습니다."

"있다고?"

자신감 있는 대답에 히드로 2세의 눈에 호기심이 서렸다. 그 모습에 쓴웃음을 지은 카이후는 당장 황제를 설득하고자 자신의 속내를 꺼내 들었다.

"폐하께서 손을 내민다면 로운 후작은 선택의 기로에 놓이게 될 것입니다. 폐하의 제안을 받아들이거나, 거절하는 것이지요. 만약 거절하게 되면 로운 후작은 폐하를 업신여긴 간신이라는 이름을 얻게 됩니다. 이는 훗날 그에게 큰 족쇄로 작용하게 됩니다. 만약 그가 폐하의 품으로 들어온다면 폐하의 존재를 무시할 수 없다는 걸 의미하니 어느 정도 통제가 가능해집니다. 설령 나중에 배신을 한다고 해도 명분을 얻을 수 있으니 어느 방법이든 폐하께 손해가 되는 것은 없습니다."

"이익이라……."

턱을 매만지는 히드로 2세의 표정은 찡그러져 있었다.

로즈를 생각하면 그와는 전혀 상종하고 싶지 않았다. 하지만 지금 상황에서 그를 적대한다는 것은 자신을 따르는 귀족들이 일시에 등을 돌리게 만드는 최악의 결과를 낳을 수도 있다.

'별수 없나.'

카이후의 방안은 윗사람의 입장에서 아랫사람을 괴롭힐 수 있는 최고의 방안이다.

히드로 2세는 생각에 생각을 거듭하다가 결심을 굳히고는 고개를 끄덕였다.

"받아들이겠다."

"모든 일은 폐하의 뜻대로 이루어질 것입니다."

"그랬으면 좋겠군. 이번 일의 모든 진행은 글리센 백작, 그대에게 맡기겠다."

그에 대한 신경을 쓰기 싫다는 간접적인 의사 표현이었다. 그 의미를 알아차린 카이후는 고개를 끄덕이며 힘차게 외쳤다.

"맡겨만 주십시오."

"이거, 완전 닭 쫓던 개가 되어버렸군."

티엘과 보조를 맞춰 칼헤린 지방 남부로 진격하던 카젤 국왕은 턱을 매만지며 중얼거렸다.

부상에서 완전히 회복된 그는 혼란에 빠졌던 왕국을 완전히 추스를 수 있었다.

이탈하던 용병들을 단속하고, 반란을 꾀하던 자들을 모조리 베어버리면서 절대강자의 면모가 건재하다는 것을 외부에 드러냈다.

블레임 왕국의 지배자로 위치를 공고히 했지만 현실은 누군가의 말에 휘둘릴 수밖에 없는 입장이었다.

부탁을 들어줘야 하는 입장에서 칼헤린 지방을 공격하라는 것은 굉장히 부담이 되었다.

자연이 준 천혜의 요새라는 명칭답게 칼헤린 지방은 진입하는 것 자체만으로 엄청난 노력을 요하는 곳이었던 것이다.

그렇다고 피해만 입을 수는 없어 지지부진하게 남부에서 시간을 끌고 있는데, 황당하게도 로운 후작이 위클린 공작을 사로잡았다는 말이 들렸다.

졸지에 상황이 종료된 것이다.

그제야 로운 후작이 자신은 염두에 두지도 않고 남부로 병력을 끌어내기 위한 미끼 역할로만 사용했다는 것을 알아차렸다.

물론 그것만으로 기분 나쁘지는 않았지만 다음 행동을 어떻게 해야 할지 몰랐다.

그래서 전령을 보내 의중을 떠봤다.

위클린 공작이라는 머리가 사라진 칼헤린 지방에 욕심이 나지 않을 리 없었으니까.

그리고 그의 재촉에 따라 대답은 최대한 빠른 속도로 나왔다.

"국왕 전하! 로운 후작가에 간 전령이 도착했습니다."

"어서 들라 하라."

전령으로 보낸 이가 들어오며 예를 취했다. 평소와 달리 예를 취하는 걸 전혀 신경 쓰지 않은 그는 서둘러 자세한 내용을 물었다.

"뭐라고 하더냐?"

"아무래도 상관없다고 했습니다."

"정말 그렇게 말했냐?"

"그렇습니다."

전령의 보고에 카젤 국왕은 입꼬리가 찢어지려는 것을 간신히 진정시킬 수 있었다.

사막으로 이루어진 왕국은 척박한 대지였고, 인구도 늘리기 힘든 곳이었다.

한 국가의 왕이지만 세간의 시선은 용병을 모아놓고 왕 놀이를 하는 것으로밖에 보지 않는다는 걸 알고 있었기에 카젤 국왕은 비옥한 칼헤린 지방을 차지하여 본격적으로 왕 노릇을 하고 싶었다.

"좋군, 알았다. 편히 쉬어라."

"한 가지 주의를 해야 한다고 했습니다."

"뭐지?"

"적당히 하라고 했습니다……."

무례한 말이기에 눈치를 보며 전달한 전령은 어떤 불호령이 떨어질까 마음이 조마조마했다. 로운 후작에게 패했다고 하나 카젤 국왕은 절대강자의 일인이고, 그 무위는 대륙을 통틀어 열 손가락 안에 들어가고도 남음이니 말이다.

먼 로운 후작보다 가까운 카젤 국왕이 두려운 것은 당연한 일이다.

"알았다. 물러가도록."

"예? 아, 예."

너무나 순순한 반응에 얼떨떨한 표정을 지은 전령은 예를 취한 뒤 서둘러 물러났다.

"적당히라, 우선 체할 정도로 먹어보고 적당한 선을 그으면 되겠지."

홀로 남은 카젤 국왕은 '적당'이란 범위가 정해지지 않았음을 깨닫고 입꼬리를 말아 올렸다.

세이주 지방을 차지한 레디븐 백작은 북, 서로 강력한 적을 마주하면서 비상사태에 빠져들었다.

레디븐 백작령과 세이주 지방을 바탕으로 모든 병력을 수비로 돌린 뒤, 병력의 열세를 외교로 해결하고자 노력을 아끼지 않았다.

히드로 2세와 윈스터 후작은 더 이상 양립할 수 없게 된 만큼 로운 후작가와의 협력이 레디븐 백작이 선택할 수 있는 유일한 것이었다.

제이안을 맞이한 것은 그와 자주 얼굴을 맞댄 토릭슨이었다.

"오랜만에 뵙습니다."

"오랜만입니다."

긴 시간은 아니었지만 그 짧은 시간 동안 둘의 입장은 판이하게 달라졌다.

토릭슨은 여느 때처럼 여유가 넘쳤지만 제이안의 얼굴에는 초조함이 묻어나왔다.

로운 후작가마저 적으로 돌린다면 삼면을 적으로 맞이하게 되는 최악의 상황에 직면하게 된다. 머리로는 그들이 안 좋게 나올 리 없다고 생각했지만 세상의 모든 일이 생각대로 돌아가는 법은 아니었다.

그사이 천천히 제이안을 살핀 토릭슨이 먼저 입을 열었다.

"안 좋은 일이 있다고 들었습니다."

"예, 아주 안 좋은 일이었습니다."

"글리센 백작인가요? 이번에 백작의 작위를 수여받았다고 들었습니다."

"…그는 반드시 제 앞에 무릎을 꿇고 물어볼 것입니다. 왜 배신했는지."

토릭슨이 자신의 마음을 흔들고자 말을 꺼낸 걸 알고 있었지만 카이후의 이름을 듣자 제이안의 마음은 용암처럼 들끓고 있었다.

그는 자신의 스승과도 같은 존재였으며, 레디븐 백작을 위해 평생을 바친 충신이었다.

평소 황실의 수호를 주장했지만 결정적인 순간 배신을 할 거라고는 생각지 못했다.

"위로의 말밖에 할 수 있는 게 없군요."

"말만으로도 감사합니다."

정변을 빤히 방관한 걸 탓하고 싶었지만 철저한 약자 입장에 놓인 이상 그런 말로 심기를 거스를 수 없었다.

치밀어 오르는 열기를 꾹 누르며 냉정을 되찾은 제이안이 토릭슨을 바라보았다.

"제가 찾아온 것은 도움을 받고 싶어서입니다."

"어떤 도움을 원합니까?"

"바로 로운 후작가와 동맹입니다."

"동맹이라……."

턱을 매만지는 토릭슨은 작게 중얼거리며 아무런 말도 하지 않았다.

"……."

제이안은 초조한 눈으로 바라보며 결정이 내려지길 기다렸다.

로운 후작가와의 동맹은 그가 원하는 최종 목표와도 같았
다.

오늘 이 자리에서 확실하게 동맹 문제를 매듭지어야 다른
계획을 진행할 수 있었다. 만약 실패라도 하게 되면 제아무리
레디븐 백작과 그를 따르는 휘하 가신들의 능력이 뛰어나도
자멸할 수밖에 없다.

"좋습니다."

"……!"

지루한 줄다리기와 온갖 수모를 겪을 것을 각오했던 제이
안은 맥이 탁 풀렸다. 그리고 황당함이 담긴 눈으로 토릭슨을
바라보았다.

"원하는 바가 이루어졌으면 좋아해야 하는 것 아닙니까?"

"…이렇게 순순히 제안을 받아들여 줄 거라 생각지 못했습
니다. 이유를 물어봐도 되겠습니까?"

"흠, 확실히 쉽게 받아들이긴 했지요. 아마 제가 주군의 입
장이었다면 온갖 꼬장을 다 부리며 얻어낼 건 다 얻어내려고
했을 텐데 말입니다."

"…하하!"

웃을 기분이 아니었지만 제이안은 토릭슨의 적나라한 말
에 웃음을 지어야만 했다.

"이 부분은 이미 주군의 명령이 반영된 것입니다. 주군께

서는 레디븐 백작가와 밀접한 관계를 맺은 것을 잊지 않고 계십니다. 단지 그것뿐입니다."

"감사합니다."

관계를 잊지 않았다면 왜 세이주 지방 양보 건으로 뒤통수를 쳤냐고 묻고 싶었지만 전력을 투입하고 결정을 내린 건 레디븐 백작이기에 따져 물을 사안이 아니었다. 속으로 감정을 꾹 눌러 넣은 제이안은 연신 고개를 숙였다.

"물론 이것만으로 납득하지 않을 건 알고 있습니다. 그래서 한 가지 말을 보태자면 우리 주군은 이미 세력 확장 같은 것에 크게 관심이 없습니다. 이번에 위클린 공작가를 공략한 이유가 무엇인지 아십니까?"

"모르겠습니다."

만약 공격을 한 상황이라면 칼헤린 지방을 점령하여 제국 남부 전체를 아우르는 거대 세력을 형성하려는 걸로 말을 할 수 있겠지만 티엘은 위클린 공작을 사로잡은 뒤 바로 물러났다. 대체 무슨 생각을 하고 있는지 종잡을 수 없었다.

피식 웃은 토릭슨이 대답했다.

"귀찮아서입니다."

"……?"

"위클린 공작은 간계에 능하고 야심이 큰 인물, 주군께서는 그가 언젠가 걸림돌이 될 거라 여기셨기에 뿌리를 뽑은 것입니다. 칼혜린 지방을 점령하는 건 오히려 귀찮은 일이라고 생각하시죠."

"…정말 생각하는 게 다르다고 생각할 수밖에 없군요."

만약 자신이라면?

무슨 수를 써서라도 칼혜린 지방을 점령하기 위해 온갖 수작을 다 부렸을 것이다.

"지금 이건 앞으로 주군을 어떻게 대할지 힌트를 드리는 것입니다."

"아……!"

그제야 토릭슨이 왜 이런 말을 자신에게 하는지 알아차린 제이안이 탄성을 흘렸다.

이번 동맹은 둘째치더라도 앞으로 티엘을 어떻게 대해야 할지 대처법을 제공한 것이다.

"감사합니다."

"필요한 부분이 있으면 협력을 할 테니 잘해보지요."

"예."

로운 후작가를 적으로 돌리지 않게 된 제이안은 속으로 안도의 한숨을 내쉬었다.

제2장
정국의 변화

위클린 공작을 사로잡고, 그의 처우를 결정한 티엘은 제대로 된 포로 대우를 하면서 칼헤린 지방의 혼란을 조장했다. 날이 지날수록 칼헤린 지방의 혼란이 커져가는 걸 보며 전생에 일어난 일이 일어나지 않을 거란 확신을 얻게 되었다.

한결 여유를 찾은 그는 위클린 공작이 감금된 방으로 향했다.

별채라고 봐도 무방한 곳은 널찍한 마당도 있고, 풍광도 좋아 마음 편히 지내기에 부족함이 없었다. 나무 그늘에 마련된

의자에 앉아 있는 위클린 공작을 본 그는 맞은편에 조용히 앉았다.

"지내는 건 어떻지?"

"…날 어떻게 할 생각이냐?"

짧은 시간이었지만 위클린 공작의 얼굴은 눈에 띄게 수척해져 있었다.

평생에 걸쳐 이룩해 온 모든 것이 어떻게 되었는지 알 길이 없으니 시간이 지나면 지날수록 속이 썩어들어 갔다.

"알 필요가 있나?"

"그게 무슨……."

"이미 나한테 잡힌 이상 모든 걸 잃었다고 봐도 무방한데. 아닌가?"

"……."

태연하게 대답하는 티엘을 노려보며 위클린 공작은 호흡을 골랐다.

무슨 이유로 자신을 살려두고 있는지 알고 있었지만 수가 틀리면 언제든지 결심을 바꿀 수 있는 변덕스러운 인물이 바로 눈앞의 티엘이었다.

"가문을 완전히 무너뜨릴 생각인가?"

"정확하게 보았군."

"서로 충돌한 적은 있어도 이렇게 악랄한 수를 쓸 필요가 있나?"

"위험하니까. 자라나는 새싹을 짓밟아야 내가 귀찮은 일을 덜 수 있지."

"말도 안 되는!"

위클린 공작 입장에서는 펄쩍 뛸 만한 이야기였다. 고작 그런 이유로 자신이 잡히고, 가문이 무너졌다면 이건 너무 허망한 결말이었던 것이다.

하지만 티엘 입장에서는 굉장히 중요했다. 칼헤린 지방의 잠재력도 중요하지만 그것을 규합하고 한 왕국을 세운 능력은 절대 얕볼 수 없다. 차분하게 가라앉은 두 눈이 위클린 공작을 향하는 순간, 그는 온몸이 꽁꽁 얼어붙는 것을 느꼈다.

티엘이 입을 열었다.

"그럼 아무런 야망이 없다는 말인가?"

"…남자라면 누구나 꿈이 있는 법, 그것조차 용납하지 못한다는 건가?"

"그만큼 능력을 높이 샀다고 봐주면 좋겠군."

그래 봤자 절대 기분 좋지 않은 말이었다.

미간을 찌푸린 위클린 공작은 티엘을 쏘아보았다. 이러는 순간에도 가문에 무슨 일이 벌어지는지 알 수가 없어 답답함을 느꼈다.

"상황에 따라서는 풀어줄 수도 있고."

"어떤 조건인가?"

"헤수스 남작을 넘겨."

"…뭐라?"

"제법 유능한 것 같아서 써먹고 싶은데 고집이 질겨서 말이지. 가신으로 삼고 싶은데 어찌나 대쪽 같은지 말이 먹혀들지 않더군."

위클린 공작과 함께 사로잡은 헤수스 남작을 회유하기 위해 여러 공작을 펼치는 중이지만 결과는 모두 실패였다. 차라리 죽이라며 고문도 버텨낼 기세에 티엘은 생각을 바꿨다.

이미 전생의 상황과 판이하게 달라진 만큼 위클린 공작과의 거래로 넘겨받을 생각이었다.

"나더러 가신을 버리라는 말인가."

"평생에 걸쳐 이룩해 온 가문이 무너지는 것보다는 낫지 않나? 지금 상황이 어떻게 돌아가는지 잘 모르는 것 같은데, 알려줄까?"

"……."

악마의 유혹과도 같은 그의 말에 위클린 공작은 표정이 굳었다. 모든 정보가 차단되어 막연한 상상이 실타래처럼 이어지고 있는 상황에서 알 수 있다는 말은 거부할 수 없는 치명

적임을 동반했다.

"대신 헤수스 남작을 넘기면 돼."

"그를 놓아준다고 해서 회유할 수 있다고 보나?"

"그건 내가 알아서 힐 문제고."

"가문은 어떻게 되었지?"

"대답부터."

"…작위를 회수하겠다."

두 눈을 질끈 감고 말했다. 충신이자 두뇌인 헤수스 남작을 버리는 것은 팔을 잘라내는 것만큼 괴로웠지만 평생에 걸쳐 이룩한 가문을 저버릴 수 없는 노릇이었다.

"좋아, 순순해서 좋군. 우선 칼헤린 지방의 상황에 대해 설명해 주지."

티엘의 말이 이어졌고, 위클린 공작의 눈이 이글이글 타오르기 시작했다.

본래 위클린 공작을 제거할 계획이었던 티엘이 마음을 바꿔먹은 것은 헤수스 남작에 대한 보고서가 올라오고 나서였다.

클리멘트 남작은 헤수스 남작을 티엘의 휘하에 놓을 것을 적극 권했다.

"왜지?"

"헤수스 남작은 위클린 공작을 보좌하여 지금의 칼헤린 지방을 만들어냈습니다. 이는 방대해진 주군의 힘을 하나로 통합하고, 강력한 힘을 이끌어낼 수 있는 역할을 맡을 수 있습니다."

군사부의 책사들은 모두 뛰어나지만 거대해진 로운 후작가의 힘을 효율적으로 운용하기에는 아직 경험이 필요했다. 그것은 클리멘트 남작이 스스로 느낄 정도였으니 다른 이들도 마찬가지였다.

"위클린 공작을 놓아주자는 의견은 뭐지?"

"헤수스 남작이 없다면 위클린 공작의 계획은 삼십 년 이상 후퇴하게 됩니다. 이미 혼란의 씨앗은 던져졌습니다. 그가 다시 돌아간다고 해도 수족처럼 부리는 이들이 대거 사라진 상황에서 다시 칼헤린 지방을 통합하는 것은 어려운 일입니다."

"흐음."

티엘은 내키지 않는 표정을 지었지만 클리멘트 남작은 끈질기게 그를 설득했다.

집요한 설득 끝에 마침내 티엘은 그 설득을 받아들인 것이다.

"……."

위클린 공작과 마찬가지로 화려한 별채에 갇힌 헤수스 남작은 주변 풍경을 보며 입술을 지그시 깨물었다. 지금도 모든 상황이 꿈만 같았다.

수십 년 동안 노려해 온 모든 것이 한순간에 무너진 격이니까.

그토록 견고하던 가문이 한순간 모래성처럼 허물어졌다는 사실이 그로 하여금 현실을 부정하게 만들었다.

하지만 이때만큼은 좋은 머리가 싫었다. 금방 현실로 돌아와서 생각하기도 싫은 현실과 마주했어야 하니까.

"위클린 공작이 작위를 회수했다."

"…왜 제게 이런 힘든 시련을 내리는 겁니까?"

평생 모셔온 주군이 자신을 버렸다는 상실감이 없는 것은 아니나, 그는 위클린 공작이 왜 그런 선택을 했어야만 했는지 알고 있었다.

바로 눈앞의 인물이 원하는 대로 흘러갔을 테니까.

쇠가 섞인 그의 반문에 티엘은 피식 웃으며 대답했다.

"네가 탐이 나니까."

"전 대단한 인물이 아닙니다."

"그 정도는 알아. 능력으로 치면 가문의 군사들과 견주거나 떨어지겠지."

"……."

막상 안 좋은 말을 들으니 그리 유쾌하지는 않았다. 미간을 지그시 모으는 그를 보며 티엘은 피식 웃었다.

"하지만 커다란 국면을 그려 나가는 건 잘한다고 하더군. 내 귀찮음을 덜어주기에 충분한 능력 아닌가?"

"그것뿐입니까?"

"그럼 뭔가 더 거창한 게 있을 거라 생각했나? 스스로 과신 하나 보군."

"저는 다른 주군을 모실 수 없습니다."

헤수스 남작은 고개를 저으면서 단호하게 말했다.

두 명의 주군을 모신다는 것은 그의 입장에서 절대 납득할 수 없었다. 그러고도 싶지 않거니와 자신의 적이라고 할 수 있는 로운 후작가의 가신이 되는 일은 절대 있을 수 없었다.

"처음에는 다들 그러더군."

"저는 다릅니다."

"그 말도 같고."

"……"

더 말을 해봤자 자신만 손해라는 생각이 머릿속을 스치자 그는 입을 다물었다.

"할 말이 없어지면 침묵하는 것도 같군."

"달라지는 것은 없습니다. 차라리 저를 죽이십시오."

"그럴 수는 없지. 내 귀찮은 일을 대신 맡아줄 노예… 가신이 추가되는 건데."

순간 듣지 말아야 할 단어를 들은 듯했지만 다시 본 티엘은 전혀 개이치 않는 표정이었다.

"어차피 달라질 건 없지만 완고하니 시간을 주도록 하지. 하지만 한 가지만은 명심하도록. 나는 누구처럼 참을성이 많지 않다."

그 말을 끝으로 티엘은 자리를 벗어났다.

"어찌한단 말인가……."

아무것도 할 수 없는 자신의 처지에 그는 고개를 푹 숙였다.

티엘에게는 회유, 헤수스 남작에게는 협박이었던 시간이 끝나고, 집무실에 도착한 그는 자신을 기다리고 있는 손님을 발견할 수 있었다.

"오래 기다렸나?"

"조금, 그런데 무슨 일이 있어서 또 수련을 방해한 거지?"

그의 집무실을 찾은 손님은 클레디오 백작이었다.

마계의 문을 여는 걸 대비하여 수련에 빠져 있던 그는 칼헤린 지방의 정벌을 시작으로 본격적인 칩거에 들어갔던 상황이었다.

하지만 전쟁이 빠르게 끝나면서 티엘의 부름에 모습을 드러낼 수밖에 없었다.

"하고 싶은 말이 있으니까."

"말해라."

"이번 원정에서 마왕과 만났다."

"호오!"

얼굴 가득 지루함이 가득하던 클레디오 백작의 눈에 이채가 스쳤다.

마왕을 만났다는 것 자체가 그의 흥미를 자극하기에 부족함이 없었다.

"그리고 아주 재미있는 이야기를 들을 수 있었지."

"재미있는 이야기라면?"

"바로 마왕이 중간계에 강림한 이유. 정확히 말하자면 변명이라고 해야 하나."

"변명이라."

마왕이 인간에게 변명을 하다니. 듣도 보도 못한 괴사가 아닐 수 없었다. 하지만 눈앞의 녀석이라면 충분히 가능한 일이었다.

'보통 인간이 아니긴 하지만.'

저도 모르게 피식 웃은 뒤 이어질 말을 기다렸다.

티엘은 클레디오 백작에게 켈그라인이 했던 말을 그대로 전달했다. 난생처음 듣는 비사에 그의 눈에 흥미진진함 가득했다.

"결국 천족 너석들이 나쁜 놈이라는 건가?"

"그들 입장에서는 그렇지."

"그들?"

"그럼 마족이 천족에 대해 좋게 말할 거라 생각했나?"

"…틀린 말은 아니군."

피식 웃은 클레디오 백작은 어깨를 으쓱였다. 하지만 티엘을 바라보는 그의 두 눈에는 호기심이 가득했다.

"그럼 어떻게 할 생각이지?"

"간단하지."

"간단?"

"예정대로 간다."

"마계의 문을 열겠다고?"

"그들의 말이 진실이라면 내 행동을 오히려 반길 거 아닌가? 쉽게 간다고 보면 된다."

대체 티엘의 머릿속에 자리한 생각은 무엇일까.

클레디오 백작은 그의 생각을 알고자 빤히 바라보지만 읽히는 것은 없었다. 오히려 미간을 지그시 찌푸리다가 한마디 중얼거렸다.

"무슨 생각을 하는지 모르겠군. 하지만 한 가지는 분명하군. 네놈은 정상이 아니다. 그리고……."

"그리고?"

"생각해 보니 난 아무래도 상관이 없군. 강자와 겨룰 수 있는 것, 그 조건만 충족된다면."

"간단명료해서 좋군."

티엘이 피식 웃었다.

위클린 공작이 돌아가고 난 뒤, 군사적인 행위는 일체 중단한 티엘은 부하들에게 모든 짐을 떠넘기고 수련에 몰입하기 시작했다.

마계의 문을 열기로 한 이상 그들이 경계하는 천계의 문도 열리는 것은 당연한 수순이었다. 티엘은 그들에게 주도권을 넘겨줄 생각이 하나도 없었기에 언제든지 내킬 때 차원의 문을 열 수 있도록 힘의 강약을 조절하는 건 반드시 필요한 일이었다.

칼헤린 지방의 분열과 위클린 공작의 생포. 그 이후 벌어진 일들은 거대한 혼란을 만들어냈지만 그보다 더 큰 것은 블레임 왕국의 침공이었다.

티엘과 위클린 공작의 전쟁은 단순한 영지전이라 한정지을 수 있지만 카젤 국왕이 용병들을 이끌고 칼헤린 지방을 공격한 것은 엄연한 외침이었던 것이다.

거대한 전쟁이 예고된 가운데, 토릭슨은 입가에 싱글벙글 미소를 지으며 말했다.

"횡도에서도 난리가 났을 겁니다."

"그걸 의도한 것 아닌가."

"그렇긴 하지만 화살의 방향을 돌리면 주군에게 향할 수 있다는 문제가 있습니다."

"그렇다면 너희가 더 고생하겠군."

"…말이 그렇게 되는군요, 하하! 그다지 원치 않는데 말입니다."

가뜩이나 모든 일을 가신들에게 미뤄두고 있는 상황에서 황도의 귀족들을 상대해야 한다는 것은 생각만으로도 끔찍 그 자체였다.

티엘의 후광이 있다고 하더라도 은연중 깔려 있을 그들의 오만함은 생각하기 싫은 것이었다.

"내가 직접 상대할 일은 없으니까."

"하, 하하! 너무 무책임한 말씀이신데."

"그럼 내가 대할까?"

만약 자신이 아닌 티엘이 대한다면?

상상만 해도 끔찍했다.

아마 대화를 하다가 수틀리면 그 자리가 곧 피바다가 될 것임은 불을 보듯 뻔했다.

"제가 해야겠군요."

"뭐 선택하기 나름이겠지."

"……."

마치 자신이 선심을 베푸는 것처럼 말하는 행태에 토릭슨은 어이가 없었다.

그리고 깨달을 수 있었다.

그가 마냥 귀찮아서 모든 일을 자신들에게 떠넘기는 것이 아니라는걸.

혹시 모를 최악의 상황에 대비하여 나름대로 자신들을 내세우는 것이었다.

그는 전장에 앞장서서 적을 굴복시키는 최고의 무위를 지녔지만, 반대로 자신이 지닌 단점도 파악하고 그것을 회피하는 능력도 지니고 있었다.

결국 늘어나는 것은 일, 일, 일이다.

한숨을 푹 내쉰 토릭슨은 다시 한 번 다짐을 되새겼다.

"최선을 다하겠습니다."

불안감은 얼마 지나지 않아 현실로 드러나게 되었다.

바로 황도에서 손님이 방문한 것이다.

그의 정체는 바로 레디븐 백작을 지적에서 보좌하던 카이후, 지금은 글리센 백작이었다.

히드로 2세가 직접 소식을 전달한 것이기에 명목상이라도 피할 수 없었다. 얼굴 가득 귀찮음을 띤 티엘이 카이후를 대했나.

"왜 나를 보자고 한 건지 모르겠군."

"폐하께서 보내신 소식을 전달하기 위함입니다. 대제후로 성장하셨다고 하나, 폐하의 신하인 이상 예를 따라야겠지요."

"……."

묘하게 신경을 자극하는 말에 티엘은 조용히 침묵했고, 주변 분위기는 사나워졌다.

최근 성세가 하늘을 찌르는 티엘의 영지 내에서 감히 이런 말을 할 거라고 생각지 못한 것이다.

특히 무장 출신 가신들은 카이후를 보는 눈이 결코 곱지 못했다.

그는 자신을 모시던 주군을 배신한 인물이 아니던가.

배신을 하고 권력자에게 달라붙은 그에게서 자신들이 모시는 주군을 깎아내리는 말을 한 것 자체가 불경이고 모욕이다.

그럼에도 아무런 말이 나오지 않았던 것은 티엘이 입을 열고 있지 않아서였다.

무거운 침묵이 가라앉은 가운데, 흥미 섞인 눈으로 그를 바라보던 티엘이 말문을 열었다.

　"틀린 말은 아니로군. 아직 폐하의 신하라는 건 변함이 없으니."

　"아직이 아닌 앞으로도 영원히입니다."

　"말장난 같은 건 좋아하지 않나? 하지만 거짓말을 하는 건 좋아하지 않아서. 영원히 밑에 있을 거란 확신이 없군."

　그것은 티엘이 황제의 권한을 완전히 인정할 수 없다는 말이었다.

　카이후에게 큰 모욕이었고, 얼굴을 붉힐 만큼 분노를 유발하는 말이기도 했다.

　"……!"

　자연히 이야기를 들은 가신들도 놀란 표정을 짓고 있었다.

　"아닐 수도 있고."

　"폐하께서는 로운 후작님이 황실의 권위를 회복하는 데 힘을 보태주길 원하고 계십니까."

　"한 가지 묻지."

　"예."

　"그 의견은 폐하의 생각인가, 아니면 네 생각인가."

　무미건조하게 내뱉은 티엘의 말은 절대 그 의미가 가볍지 않았다. 자신을 향하는 시선을 느끼며 카이후는 이미 그가 모든 내막을 간파하고 있다는 것을 느낄 수 있었다.

"…제가 폐하께서 그런 결정을 내리게끔 설득을 했습니다."

"그럼 네기, 그러니 뛰어난 두뇌를 근처에 두는 것이니까, 나 또한 마찬가지다."

그가 무슨 말을 하고자 하는지 카이후는 쉬이 이해하기 힘들었다.

처음에는 황제의 권위를 인정할 수 없다고 말을 했지만 그다음은 인정하는 듯한 모습을 보였다. 그다음은 알 수 없는 말만 주고받으니 어떻게 대응을 해야 할지 머릿속이 복잡했다.

"어렵게 생각할 건 없다. 간단하게 말하지, 난 너의 방문에 큰 의미를 두지 않는다."

"그 말은……."

"어차피 황제 폐하를 꼭두각시로 두고 움직이는 건 레디븐 백작이나 너나 다를 게 뭐 있나."

"말도 안 되는 말입니다."

노골적인 모욕에 카이후의 얼굴이 모욕감으로 붉게 물들었다.

자신은 오로지 황실의 권위를 회복시키기 위해 결심한 것이다.

오래전부터 레디븐 백작에게 주장해 온 것이 황제의 권한 회복이었고, 실제로 그것을 위해 여러 차례 소언을 하면서 레디븐 백작을 보좌해 왔다.

그러다 끝내 의견이 먹혀들지 않음에 따라 황제의 편에 선 것인데……!

그것을 레디븐 백작의 반역에 비유하니 여태까지 해온 자신의 모든 것을 부정당하는 기분이었다.

"다를 게 있나? 내가 보기에는 결국 그렇고 그런 권력 다툼으로 보였는데."

"그런 게 아닙니다. 전 황제 폐하를 위해 노력한 것일 뿐, 폐하께서는 제국을 다시 성세를 이어가고자 큰 결심을 하셨고, 저는 그 뜻에 동참한 것입니다. 그것이 제국을 위한 진정한 충의 아닙니까?"

카이후는 동의를 구하듯 티엘의 눈을 직시했다. 강렬한 열망이 꿈틀거리니 웬만한 사람이라면 그 열기에 감화되게 마련이지만, 티엘은 오히려 피식 웃었다.

"진정한 충의라… 모든 일은 가져다 붙이기 나름이지."

"그럼 제가 바친 모든 충성이 거짓이라고 생각합니까?"

"자신만 알겠지. 그건 그렇고 이제 지켜야 할 절차는 모두 거친 것 같은데."

티엘의 시선이 제이론에게 향하고 있었다. 경악을 금치 못하던 그는 이내 정신을 차리고는 고개를 끄덕여 동의를 표했다.

"예, 그렇습니다."

"더 있을 필요는 없겠고. 최종 결정은 내가 내리는 것이지만 구체적인 사안은 실무자들이 하는 것이지. 모두 제 일을 보도록."

자리에서 일어난 티엘은 지체하지 않고 자리를 벗어났다. 그가 가장 먼저 밖으로 나가니, 가스론 자작이 자리에서 일어났고, 다른 가신들도 줄줄이 뒤를 이어 접견실 밖으로 나갔다.

남은 것은 군사부의 세 명의 책사와 카이후뿐이었다.

아직까지 모욕감으로 몸을 떨고 있는 그를 향해 제이론이 입을 열었다.

"주군께서 하신 말씀은 진심입니다. 다른 의도는 없습니다."

"…내 모든 충성을 부인당해 놓고 가만히 있으리라 생각합니까?"

"가만히 있지 않는 것이 오히려 건강하게 살아갈 길입니다. 위클린 공작도 위협이 된다는 이유로 사로잡은 것이 주군입니다."

"……."

적나라한 예시가 고스란히 앞으로 드러나니 카이후는 할 말을 잃었다.

현재 윈스터 후작가와 레디븐 백작가를 북쪽과 동쪽으로 마주하고 있는 히드로 2세 입장에서 후방의 안정화를 위해서라도 로운 후작가와의 협력은 반드시 필요했다.

"어렵군, 불리한 상황이라고 해도 이런 모욕감을 느끼게 되다니……."

"아쉬울 게 없으면 돌아가시면 됩니다."

이렇게 말을 하는 제이론도 자신의 변화에 신기할 지경이었다.

자신도 제국의 부흥을 위해 황가가 부활해야 한다는 생각은 가지고 있지 않다. 하지만 황제를 예우해야 하며, 받들어 모셔야 한다는 생각에는 변함이 없었다.

하지만 지금에 이르러서 그 생각이 동일하냐고 묻는다면 아니었다.

이미 황가의 권위는 무너졌고, 황제의 힘은 제국 전체를 아우르기 힘들어졌다.

각지의 제후가 힘을 기른 이상 제국의 분열은 시간문제였다.

지금 강력한 힘을 쥐었다고 해도 그 시기가 조금 늦어질 뿐 막을 수 없는 흐름이다.

"물론 그것은 주군의 생각일 뿐입니다. 우리는, 입장이 다를 수 있습니다. 그리고 아량이 넓으신 주군께서는 충분히 의견을 수렴해 주십니다."

"…무엇을 원합니까?"

"그건 이야기를 해보면서 맞춰 나갈 사안입니다."

제이론의 눈빛을 받은 토릭슨과 클리멘트 남작이 앞으로 나섰다.

제아무리 뛰어난 책사라고 해도 세 명을 감당하는 것은 무리일 것이리라.

카이후와 논의를 거친 제이론이 티엘을 찾은 것은 사흘이 지나고 나서였다.

이번 논의의 책임을 맡긴 만큼 보고서를 작성해 왔는데, 두툼한 것을 확인하고는 곧장 용건을 물었다.

"이야기는 잘됐나 보군."

"예, 급한 쪽은 저쪽이다 보니 아무래도 주도권을 쥐기 쉬웠습니다."

"그렇다면 다행이군. 우리가 얻어낼 수 있는 것은 뭐가 있지?"

"우선 제국 남부 전체의 맹주 역할을 맡길 수 있다고 했습니다. 명목상 제국에 속하지만 윈스터 후작가처럼 사실상 한 국가처럼 영향력을 행사할 수 있다는 제안이었습니다."

분명 끌릴 만한 말이었지만 디엘은 오히려 미간을 찌푸리
며 중얼거렸다.

"귀찮은 일만 발생하겠군."

"예, 실상을 들여다보면 문서로 언급만 될 뿐, 달라지는 것
은 없습니다. 이미 주군은 제국 남부의 맹주 역할을 맡고 계
십니다. 황제 폐하의 제안을 받아들이게 되면 오히려 블레임
왕국의 카젤 국왕을 상대하고, 칼헤린 지방을 안정시켜야 하
는 일을 떠맡게 됩니다."

실제로도 카이후가 이 제안을 한 것은 티엘이 일으킨 소란
을 조기에 진압하고자 하는 의도가 이면에 깔려 있었다.

그랬기에 제이론은 생각할 필요도 없이 거절했다.

"글리센 백작은 주군께서 남부의 맹주를 맡아주는 것에
대해선 진심인 듯싶었습니다. 지금 상황에서 본가를 적으
로 돌리기보다 아군으로 삼는 걸 원하는 것처럼 보였습니
다."

"……"

티엘은 아무런 대답도 하지 않은 채 턱을 매만지며 조용히
생각에 잠겼다.

그가 하고 있는 생각이 무엇인지 알지 못하는 제이론으로
서는 조용히 다음 대답을 기다렸다.

"그래서 최적의 제안은?"

"대답을 잠정적으로 보류하는 것입니다."

"보류라?"

"네, 아무런 대답도 하지 않고 확신도 주지 않은 채 시간을 보내는 것입니다."

"시간을 보낸다라……."

"칼자루를 쥐고 있는 것은 주군이십니다. 시간을 끌면 끌수록 다급해진 그곳에서는 좀 더 나은 제안을 해올 것입니다."

실컷 대화를 나누면서 카이후의 진을 빼놓은 제이론은 마지막에 티엘의 의견을 들어봐야 한다는 말을 하고는 자리를 물렀다.

졸지에 실컷 떠들기만 한 카이후의 얼굴이 한껏 일그러졌지만 주도권을 쥐고 있는 입장에서 급하게 결정을 내릴 필요는 없었다.

"그게 네가 내린 결론인가?"

"예."

"그럼 그렇게 진행하도록."

"예?"

"어차피 계책을 수립하는 것도, 다른 것도 널 따르기에는 무리가 있겠지. 내가 할 수 있는 게 무게를 잡는 것과 요점을 파악하는 것 외에 있나? 주도권을 쥐고 있을수록 좋으니 최대한 시간을 끌도록 하지."

신뢰가 묻어나오는 그 말에 제이론의 표정이 밝아졌다. 늘 귀찮은 표정으로 모든 일을 미뤄 버리는 주군이었지만 때때로 가신을 믿어주는 모습은 자신이 지닌 역량을 마음껏 펼쳐보일 수 있게 해주었다.

"명을 따르겠습니다."

"열심히 하도록."

그 정도면 충분했다.

자신을 위해 대신 고생하는 가신을 위로하는 말치고는.

로운 후작가 군사부 세 책사에게 실컷 시달리다가 황도로 돌아간 카이후였지만 황도로 도착해서 히드로 2세를 접견하는 그의 표정은 어둡지 않았다.

공손히 예를 취한 그는 로운 후작가를 방문했던 일을 보고했다.

"결론부터 고하자면 로운 후작가는 어떠한 제안도 받아들이지 않았습니다."

"예상대로군?"

"예, 자신들에게 주도권이 있다고 생각하는 이상, 쉽게 움직일 기색이 보이지 않았습니다."

"역시 백작이 말한 그대로였군."

"그들 입장에서는 폐하를 적대하는 일은 할 수 없었을 것입니다. 하지만 정면으로 반박할 수 없고, 그렇다고 받아들이면 기껏 혼란스러워진 칸헤린 지방의 정국에 개입을 해야 합니다. 위험도를 줄이기 위해 머리를 굴리는 건 당연한 결정입니다."

"흐음."

복잡한 책사들의 이야기에 히드로 2세는 조용히 턱을 매만졌다.

카이후가 아무런 소득도 거두지 못하고 돌아왔지만 이미 떠나기 전 표면상 그럴 수밖에 없을 거라 말했다. 대신 이면의 성과를 얻어온다고 했다.

하지만 히드로 2세 입장에서는 눈에 두드러지게 드러나지 않는 성과가 미미하게 느껴질 수밖에 없었다.

"이 정도가 최선인가?"

"지금으로서는 이것이 최선입니다. 죄송합니다, 폐하."

"아니, 아직 짐의 힘이 그만큼 미치지 못한다는 걸 의미하는 거겠지. 세상이 그렇게 쉽지 않다는 것 정도는 잘 알고 있다."

"폐하……."

면목이 없는 표정으로 고개를 숙이는 카이후였다. 그 또한 황실의 지원이 든든하게 이루어졌다면 굴욕적인 자세로 로운 후작가에 가는 일은 없었을 것이다.

"엘리멘탈 프로젝트를 확대하면서 더 많은 힘을 얻고 있다. 세월은 우리의 편, 로운 후작이 젊다고 하나, 무수히 많은 강자의 등장으로 주도권을 빼앗을 수 있을 것이다."

"지당하십니다."

카이후도 끝까지 결정을 보지 않은 이유 중 하나가 엘리멘탈 프로젝트의 존재 때문이다.

정령의 힘!

기존의 마나를 보다 강한 힘으로 바꿀 수 있는 이 비기는 히드로 2세의 미래이자, 제국을 지탱할 수 있는 군건한 힘이 되어줄 것이다.

그 위력을 일찍이 목격한 만큼 카이후도 그에 대해 거는 기대가 컸다.

"조금만 기다리시면 됩니다, 폐하. 시기는 머지않아 다가올 것입니다."

"알고 있다. 짐 또한 그때만을 기다리고 있다."

지금은 굴욕을 견딜 수 있게 만들어주는 것. 그것은 미래에 대한 희망이 존재하고 있어서였다.

"……"

여느 때처럼 수련에 몰두하는 티엘이었지만 전보다 하는 시간은 확연하게 줄어들었는데, 남는 시간에 방문하는 곳이 바로 로웰린의 방이었다.

얼마 전 딸을 출산하고, 단호하게 모유 수유를 고집하며 직접 아기를 기르는 로웰린의 모습을 볼 때면 티엘은 평소 때보다 더 과묵한 모습을 보이고는 했다.

하지만 그 표정 너머로 드러난 것은 무럭무럭 자라나는 딸에 대한 뿌듯함이었다.

그 사실을 알고 있는 로웰린도 편안한 미소를 지으며 티엘에게 권유했다.

"좀 안아 보시고 그러세요."

"아직은 익숙하지 않더군."

명색이 아버지였지만 딸을 안을 때면 울음을 터뜨리는 통에 제대로 안아본 적조차 없던 그였다. 새근새근 자고 있던 아이가 품에 안길 때마다 울면 어찌나 눈치가 보이던지, 치열한 전투에서도 겪어보지 못한 곤경이었지만 귀여운 아기의 얼굴을 볼 때면 전혀 불쾌감이 들지 않았다.

"…귀엽군."

"그런가요?"

"엄마 얼굴을 닮아서 아주 예뻐. 크면 남자가 졸졸 따라다니겠군."

"그랬으면 좋겠어요."

은근히 자신을 칭찬하는 말에 로웰린은 미소를 지었다. 아기를 낳으면서 산후조리를 하고 있지만 가장 아름다운 시기와 비교하면 무리가 있었다. 하지만 티엘은 그때보다 아기를 돌보는 지금 더 많은 관심과 애정을 보여주고 있었다. 그래서 로웰린은 지금 이 순간이 더 만족스러웠다.

"아픈 곳은 없나?"

"네, 매일 몸 상태를 살피고 있어서 이상함을 느끼지는 못했어요."

"아픈 곳이 있으면서 아기를 돌봐야 한다고 숨기지 말도록. 미련한 행동은 모두를 불행하게 만드니까."

"네, 그래야죠. 저도 두 번 다시 그렇게 굴 생각은 없어요."

기억하기 싫은 과거였지만 티엘의 말에 로웰린은 웃음을 지어 보였다.

이제는 모두 과거에 불과하다고 여길 만큼 가벼운 일탈은 추억이 되어 있었다.

그 후, 자신의 마음을 다잡게 되었고 가문에도 평화가 찾아왔으니 모두에게 좋은 전개가 아니던가.

무엇보다 기쁜 것은 그 후로 티엘의 애정 표현이 늘어나고, 딸에 대한 애정도 상승하고 있다는 점이었다.

지금도 눈을 떼지 못하고 있지 않은가.

늘 무뚝뚝하기만 한 그의 색다른 모습은 로웰린에게 즐거움이었다.

"아기를 좋아하시는 것 같아요."

"내가 아기를 좋아한다고?"

"그럼 아니었나요?"

"일반적으로 자식을 좋아하는 마음 정도라고 생각했는데."

"그 정도만으로도 대단하다고 생각해요. 왜냐하면 이전까지 감정 표현이 거의 없었잖아요? 지금 보여주는 모습만으로도 충분히 대단하게 여겨진답니다."

"감정 표현이라……."

칭찬이었지만 티엘에게 있어서는 묘한 울림을 주는 말이었다.

그 말은 이전까지 감정 표현이 거의 없었다는 말이었고, 나름대로 그 부분에 충실했다고 여기는 그로서는 억울함을 느낄 수밖에 없었다.

하지만 깊게 생각해 보면 자신이 언제 슬픔을 느꼈는지, 언제 분노했는지 잘 모르겠다.

기쁨을 느낀 적이라면 당연히 자식이 태어났을 때다.

만약 자신에게 부인들을 사랑하냐고 묻는다며 자신 있게

그렇다고 말을 할 수 없다.

하지만 사식들을 사랑하냐고 묻는다면 그랬다.

부인들에게 미안한 말이 아닐 수 없지만 티엘은 자신의 감정 일부가 마모되어 있음을 알고 있다.

그리고 남들보다 심하다는 것도.

분노, 슬픔을 느끼지 않던 자신에게 소중한 가족이 생겨났다.

만약 부인들이 해를 입고 자식들이 다친다면?

아마 참지 못할 것이다.

단순한 가정에 지나지 않았지만 그것은 티엘로 하여금 마음의 안도를 찾게 만들었다.

감정은 마모되었을지언정 완전히 사라지지 않았다는 것을 깨닫게 되었으니까.

"…고맙군."

"네?"

"오랫동안 잊고 있던 감정을 떠올리게 되었다."

"……."

티엘의 생각을 알 리 없는 로웰린으로서는 어리둥절한 표정을 지을 뿐이었다.

좀 더 생각을 해보고 자신의 감정 상태를 파악하고 싶었던 티엘이 조용히 로웰린을 바라보다가 잠든 딸의 모습을 확인하곤 나직이 말했다.

"일어나도록 하지. 방해가 되는 것 같으니."

"그래도 좋아요."

"그럼 자주 찾도록 하지."

"네!"

환하게 웃는 모습에 마주 미소 지어 보인 티엘은 방을 벗어났다.

그의 입에는 미소가 걸려 있었다.

사면초가의 상황에 몰린 레디븐 백작은 성을 높게 쌓고 수성에 철저한 준비를 갖추며 곧 있을 히드로 2세의 거센 공세에 대비했다.

그러면서 윈스터 후작가에 사신을 보내고, 로운 후작가에도 사신을 보내는 등, 활발한 외교를 통해 당면한 어려움을 극복하고자 했다.

그러던 와중에 카이후, 지금은 글리센 백작이 된 그가 로운 후작령을 방문했다는 소식은 레디븐 백작가의 이목을 곤두세우게 만들기 충분했다.

"…황도의 사자가 로운 후작가를 방문했다고 합니다."

"사자는 누가 다녀갔지?"

"배신자 카이후입니다."

"……."

눈을 감은 레디븐 백작은 이를 꽉 물었다. 늘 곁에서 자신을 보좌하던 그의 배신은 여전히 그에게 뼈아픈 일이었다. 잊으려고 하면 할수록 더 강하게 옥죄어 오는 그날의 배신은 레디븐 백작의 분노를 앞당겼다.

"무슨 이야기를 나누었지?"

"많은 이야기를 나눈 걸로 알려졌지만 아무런 결론도 나지 않았다고 합니다."

"그걸 믿을 만큼 순진한 녀석은 없을 거라 믿는다."

평소와 다르게 분노가 실린 말에 가신들은 크게 고개를 끄덕여 보였다. 하지만 앞으로 나서서 자신의 의견을 말하는 이는 없었다.

결국 레디븐 백작이 찾은 것은 제이안이었다.

"제이안, 무슨 이야기를 나눈 걸로 예상되지?"

"아마 황제는 적극적으로 로운 후작을 끌어들이려고 할 것입니다."

"우리를 고립시키려는 의도로군."

"비단 그것뿐만이 아닙니다. 이번 로운 후작의 칼헤린 지방 원정에서 황제는 많은 것을 느꼈을 것입니다. 소문의 사실 여부를 떠나 로운 후작은 마왕을 무찔렀다고 할 만큼 압도적인 무위의 소유자입니다. 그런 인물과 적대한다는 것만으로도 간신히 안정시킨 정국을 혼란스럽게 만들기 충분합니다. 그래서 먼저 선수를 친 것으로 생각됩니다."

"아무런 결론이 나지 않았다는 것은?"

"아마 모인 후작기 군기부에서 그렇게 했을 가능성이 높습니다."

"주도권을 쥐고 있으니 쉽게 움직이지 않겠다는 의미로 볼 수 있겠군."

레디븐 백작 본인이 로운 후작이더라도 같은 입장을 고수했을 것이다.

상대는 황제였고, 무언가 거래가 오간다는 것은 종래에 상하관계로 묶일 가능성이 농후했다. 그런 우를 범하느니 차라리 아무런 결론도 내지 않음으로써 미래를 기약하는 것이 현명한 결정이다.

"예, 하지만 한 가지 염려가 되는 건……."

"말하라."

"카이후는 이마저도 예측하고 이용할 수 있는 인물이라는 점입니다."

"……."

절대 빠지지 않는 그의 이름에 레디븐 백작은 다시 눈을 감았다.

머릿속에서 여러 가지 생각이 소용돌이치면서 엉켰다가

풀어졌다.

지금의 정국을 어떻게 풀어야 할지, 어떻게 해야 자신을 배신한 카이후를 앞으로 데려와서 처참하게 찢어죽일 수 있을지 말이다.

"방도는?"

"로운 후작의 성향은 저번에 보고드린 그대로입니다. 최대한 그를 자극하지 않고 건드리지 않으면 적대하지 않을 것입니다. 지금 로운 후작의 움직임에 신경 쓰는 것보다 중요한 것이 윈스터 후작가의 움직임입니다."

"결국 우리에게 칼을 내밀기로 결정했나?"

"황제에게 충성심을 드러내고, 영토를 넓힐 수 있는 최적의 기회는 지금밖에 없습니다."

"윈스터 후작은 내 안중에도 없다. 어차피 후계 문제로 분열이 심각한 만큼 그 거대한 전력도 둘로 나뉜 셈이지. 그렇게 생각하면 해볼 만하다."

레디븐 백작의 생각은 확고했다. 커다란 세력을 일궜어도 하나로 일체된 힘을 내지 못한다면 레디븐 백작령과 세이주 지방을 차지한 자신의 역량으로 충분히 감당이 가능하다.

"예! 윈스터 후작가는 방대한 영토와 많은 병사를 거느렸지만 지휘부가 둘로 나뉜 이상 오합지졸입니다. 주군께서 어떠한 염려도 하실 필요가 없습니다."

"최대한 만전을 기하도록. 윈스터 후작군을 무찌른 뒤, 우리는 다시 돌아간다. 황도로."

"최선을 다하겠습니다!"

대답을 하는 제시안의 눈에 힘이 들어갔다.

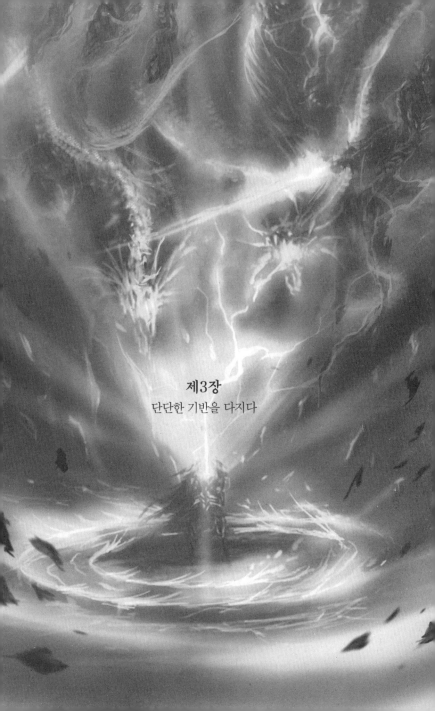

제3장

단단한 기반을 다지다

제국의 정계가 시끄럽고 연일 전쟁이 벌어지고 있었지만 로운 후작령은 때아닌 평화를 구가하고 있었다.

유일한 위협이 되던 칼헤린 지방은 내전에 휩싸여 연일 피비린내 나는 전쟁이 벌어지고 있었고, 북쪽의 히드로 2세는 티엘과 친해지기 위해 노력한다. 동쪽의 레디븐 백작도 마찬가지니 어느 누구도 가문의 위엄에 도전하는 이가 없었다.

"평화롭군."

연일 전쟁을 벌이던 그의 입에서 흘러나올 말이 아니지만 그가 느끼는 바가 그러했다.

제국의 수많은 영주가 쓰러지고 일어나면서 세력 구도가 확립된 지금, 전보다 전쟁의 숫자는 늘어나고 영지의 발전을 꾀할 수 있게 되었다.

"내가 언제 평화를 만끽해 본 적이 있었나?"

그러다 문득 머릿속을 스치고 지나간 생각이었다.

언제나 수련에 열중하고, 더 강해지고자 검을 휘둘렀지만 진정한 의미에서 평화를 만끽해 본 것이 언제인지 생각이 나지 않았다.

지금도 마찬가지였다. 주변의 누구도 건드리는 이가 없었지만 자신은 전쟁을 생각하고 마계의 문을 열 준비를 하고 있었다.

그로 인해 얼마나 많은 이가 고통을 받을지, 중간계가 피폐하게 변할지 알 수 없었지만 티엘은 전혀 개의치 않았다.

불과 얼마 전까지만 해도 말이다.

하지만 자신이 아직 감정이 마모되지 않고, 인간적인 부분이 존재한다는 걸 깨닫고 자신의 행동에 어떤 여파가 미치는지 하나하나 생각해 보게 되었다.

물론 그 부분에 대해서 아직 결론이 나온 것은 아니었다.

평소처럼 치열하게 검을 휘두를 마음가짐이 안 된 것을 느낀 티엘은 오늘 수련을 과감히 포기했다. 그리고 크레티아를 찾아가 외출을 제안했다.

평소 하릴 없이 시간을 보내던 그녀는 당연히 승낙했다.

"이렇게 나오는 것도 오랜만이군."

"그렇죠. 같이 나오니 좋은걸요?"

"나도 나쁘지 않고."

로웰린이나 카롤리나 모두 육아로 바쁜 시간을 보내고 있었기에 이제 아기가 어느 정도 큰 크레티아만 한가한 편이었다.

"레이든은 어떻지?"

"잘 크고 있어요. 보니까 자주 찾아간다고 들었는걸요?"

"아들이니까. 재능도 좋아 보이고, 기왕이면 좋은 걸 여러 가지 해주고 싶더군."

"좋은 것 같아요. 예전에는 후작님이 조금 까다로운 사람 같았는데 자식 앞에서는 아낌없이 베푸는 모습을 보여서 너무 좋아요."

"까다롭다라……."

"나쁜 의미는 아니에요. 오히려 좋은 의미였어요. 겉치장이 요란하지 않고 자신의 주관이 분명하다고 해야 하나… 아이, 왜 이렇게 말로 하는 게 어렵지. 어쨌든 그런 게 있어요. 물론 내 아이에게 다정다감한 모습도 좋고요."

"어려운 말이로군."

까다로운 게 좋다는 것인지 다정한 게 좋다는 건지.

하지만 오래전부터 여자의 마음을 헤아리는 걸 포기한 티엘은 내숭스럽시 않은 기색으로 그 화두를 깔끔하게 잊었다.

그사이 두 사람은 영주 관저를 벗어나 도시로 진입했다. 넓게 펼쳐진 길부터 시작해서 분주하게 움직이는 사람들을 본 티엘이 중얼거렸다.

"그동안 많이 발전하긴 했군."

"그럼요, 얼마나 발전했는데요. 특히 후작님이 계신 이곳은 전보다 인구가 세 배가 넘게 늘었다고 해요. 여러 가지 어려움이 많았지만 가스론 자작님이 뛰어난 수완가잖아요. 오히려 철저하게 계획을 수립해서 도시를 차근차근 확장해 나갔다고 해요."

"그렇군."

눈부신 발전을 이룩한 영지였지만 그것을 이제야 체감한 티엘이었다.

주변을 둘러보며 곳곳에 형성된 시장을 둘러보고, 갖가지 상점을 보면서 시간이란 것이 빠르게 흐른다는 것 느끼게 되었다.

갓 어린 시절로 돌아왔을 때는 그런 걸 느낄 겨를도 없었다.

크레티아와 도란도란 대화를 나누면서 둘은 도시 중심가로 향했다.

그곳도 이전과 비교할 수 없을 만큼 많은 가게가 들어서 있었다. 예전에 종종 방문하던 식당 주변은 비슷한 업종으로 빼곡히 들어차 있었고, 이용하는 사람의 숫자도 무수히 많았다.

마치 시골에서 상경한 것처럼 두리번거리던 티엘은 팔을 휘감는 감촉에 고개를 돌렸다. 그러자 후드 속에 드러난 크레티아의 입꼬리가 말려 올라가 있었다.

"음?"

"어차피 데이트하는 건데 좀 더 오붓하게 즐겨보는 것도 좋잖아요?"

"그것도 나쁘지 않군."

"그렇죠?"

순순히 자신의 의견에 동의해 주는 모습에 크레티아는 해맑게 웃어보였다. 이제 아이의 어머니가 되었지만 그녀는 처음 보았을 때와 크게 다르지 않았다.

식당가를 지나쳐서 진입한 곳은 고급 액세서리 전문점이었다. 곳곳에 열어놓은 가게들을 보며 크레티아의 눈이 반짝반짝 빛났다.

"앗! 이건 어때요?"

"사도록."

"정말요?"

"부인을 위해 이 정도도 못해줄까."

"역시 당신이 최고예요!"

도시 중심부에 들어선 뒤, 혹시 모를 사태를 대비하기 위해 호칭을 바꾼 크레티아의 두 눈은 하트로 바뀌어 연신 그를 찬양했다.

"집에 더 비싼 것도 많은데 그렇게 좋나?"

"물론 그것들이 더 비싸고 아름답지만 당신이 직접 사주는 것과 비교가 가능한가요? 오히려 이게 더 좋아 보이는걸요."

이상한 논리였지만 사랑하는 사람에게 선물을 받는 것에 의미가 부여된다는 말은 이해가 되었다. 잠시 생각에 잠겨 있다가 나직이 고개를 끄덕인 티엘은 나가려던 걸음을 돌려 액세서리 전문점의 상품을 살폈다.

"그렇군. 그럼 로웰린과 카롤리나의 것도 사도록 하지."

"칫! 나 혼자 휘어잡지 못했으니 별수 없네."

자신과 데이트를 하면서 다른 여자의 것을 산다는 게 어이가 없었지만 오히려 아무런 노림수가 없기에 홀가분하게 받아들일 수 있었다.

"아니요, 그것보다 이게 더 좋아요. 로웰린 언니는 화려한 걸 부담스러워해요. 카롤리나는 색감이 좋은 걸 좋아하고요."

언제 작은 불만을 가졌냐는 듯, 물건을 고르는 그녀의 눈은 반짝반짝 빛나고 있었다.

한차례 쇼핑을 마친 티엘과 크레티아는 고급 레스토랑에서 점심을 먹은 뒤, 다시 도시를 탐방했다.

별다른 계획을 세우지 않고 곳곳을 둘러보면서 그동안 영지가 많은 발전을 이룩했음을 느낄 수 있었다.

특히 가장 많이 바뀐 것은 영지민의 편의를 위한 제반 시설이 잘 갖추어져 있다는 점이다.

더러운 오물들을 투척하지 못하게 하고 엄격한 통제를 하여 위생 상태를 좋게 만들었고, 구역을 확실하게 나눠 상점가의 밀집도를 높였다. 이는 자연히 경쟁을 유발시켜 품질의 상승으로 이어졌다.

그 외에도 용병을 유치하기 위해 지부를 목이 좋은 곳에 이전했고, 그들이 좋아하는 술집을 한 곳에 몰아넣음으로써 철저한 구역 분리를 실행했다.

경매장의 설치와 다양한 예술 공연을 관람할 수 있는 무대 등으로 단순히 먹고사는 문제를 벗어나 여가 생활 수준으로 끌어올렸다.

그리고 자신의 이야기가 생각보다 연극에 많이 인용되고 있다는 걸 깨달은 것은 연극이 펼쳐지는 무대를 보고 나서였다.

"어머! 저 연극은 당신과 관련된 거예요."

"나랑?"

"네! 한번 보고 가요."

"그러지."

정계에서, 귀족들이 평가하는 자신과 일반 평민들이 평가하는 모습에 어떤 차이가 있을까?

궁금함은 티엘의 발걸음을 무대로 향하게 만들었다.

연극은 이미 한창 진행 중에 있었다. 하지만 중간에 관람해도 내용 이해에 어렵지 않을 만큼 진행 구성은 굉장히 단순했다.

"나는 정의의 용사 로운 후작이다! 날 가로막는 적은 모조리 쓰러진다. 그것이 마왕이라고 해도 다르지 않아!"

"으악!"

티엘로 분장한 인형이 검을 휘두르자, 마왕으로 분장한 검은 인형이 쓰러졌다.

"드래곤도 마찬가지지!"

"으악!"

그다음 나타난 드래곤 인형도 마찬가지로 쓰러졌다.

그럴 때마다 어린아이들은 커다란 함성을 지르면서 좋아했다.

대체 어느 부분에서 좋아하는 건지 모르는 티엘로서는 그들의 반응이 의아하게 여겨질 뿐이었다.

"마왕도 사악한 드래곤도 용서하지 않지만 내 영지민들에게는 다르지."

어느덧 홀로 남은 티엘의 인형 주변으로 다른 인형들이 나타났다. 그것이 무엇인지 알지 못하다가 재개된 연극의 내용을 보고 알아차릴 수 있었다.

"영지민들이 행복할 수 있도록 경들이 최선을 다하도록 하라."

"예, 후작님!"

"경들의 능력을 펼치는 것이 중요하다. 나는 부패하고 능력이 없는 가신을 경멸한다. 모두 제 영역에서 온전히 실력을 보이도록."

위풍당당하게 인형이 사라지니, 그다음은 영지가 어떻게 발전하고, 얼마나 편하게 살아갈 수 있게 되었는지 언급되었다.

"……"

티엘은 인형극에서 자신의 모습을 보고는 조용히 침묵했다.

자신은 귀찮다고, 편하고자 일을 떠민 것이 마치 가신들의 능력을 극대화하고 영지민이 살기 좋게 만들려고 한 것처럼 포장되었다.

혹시 가문에서 압박을 준 것일까?

그럴 수도 있다는 생각이 들었지만 결코 나쁜 기분은 아니었다.

"정말 재미있었어요!"

"유치한 것 같던데."

"원래 좀 유치해야 어린아이들이 좋아하거든요. 그래서 당신의 이야기도 간략화가 된 거고요. 물론 활약상을 꼽자면 끝도 없겠지만……."

"아무래도 상관없어. 모두 날 위해서 한 일이니까. 하지만 이렇게 듣게 되니 기분이 묘한 것은 어쩔 수가 없군."

연극을 본 티엘의 머릿속에 여러 가지 생각이 스쳐 지나갔다. 자신의 이기심이 많은 사람에게 편안함을 가져다주고, 더 나은 삶을 제공했다는 것을 어떻게 판단해야 할지 몰랐다.

자신의 선정인가?

아니, 오히려 일을 떠넘긴 것이 선정이라니. 그것은 말도 안 되는 일이었다.

하지만 그것이 좋은 결과를 불러왔음을 부인할 생각은 없었다.

"세상일이라는 게 참 단정 짓기 어려운 일이로군."

"네?"

"아니, 아무것도 아니다. 볼일도 마친 것 같으니 슬슬 돌아가도록 할까."

"저녁까지 먹고 싶지만 언니랑 카롤리나도 육아에 지쳤을 테니 다 같이 모여서 저녁을 먹는 게 좋을 것 같아요."

"그것도 나쁘지 않겠군."

니이는 세퀴기만 가장 먼저 출산을 하면서 그 어려움을 잘 파악하고 있는 크레티아였다. 그녀를 물끄러미 쳐다보던 티엘은 피식 웃었다.

"왜 그래요?"

"많이 컸다 싶어서."

"마, 많이 커요? 저 원래 많이 컸거든요."

"원래 사람들은 다 자신이 컸다고 생각하지. 어쨌든 오늘 즐거웠다."

"…저도요."

단란했던 두 사람의 데이트가 끝났다.

쩌엉!

"큽!"

두 검이 얽히면서 떨어지는 순간, 억눌린 신음이 터져 나왔다. 그러기 무섭게 다른 검이 빈틈을 파고들면서 굳건히 서 있는 마블론의 상체를 노렸다.

완벽하게 만들어낸 틈이었지만 굳건한 산처럼 버티고 선 그는 가볍게 상체를 트는 것만으로 렉스터 남작의 공격을 받아냈다.

하지만 첫 번째 그윈의 공격도, 렉스터 남작의 기습도 모두 지금 이 순간을 위한 미끼였다. 마블론의 상체가 흔들리는 순간, 기회를 노리고 있던 하멜 남작이 고함을 지르며 검을 휘둘렀다.

"끝났다!"

대련이었음에도 마치 상대를 죽일 것처럼 강하게 검을 내려치는 그였다. 당장에라도 머리를 쪼갤 것처럼 위태로웠지만 마블론의 표정은 변함이 없었다.

오히려 입가에 한줄기 실소가 떠오르더니, 바람처럼 신형이 흩어지며 뒤로 밀려났다.

"헛!"

"이겼다고 방심하면 안 돼."

쫘앙!

경악하는 하멜 남작의 귓가로 음성이 울려 퍼지고 곧이어 둔중한 충격이 전신을 휩쓸었다.

"우웩!"

내상을 입었는지 괴로워하며 피를 한 모금 토해내는 하멜 남작이었다. 방금 전 충돌의 여파였지만 마블론은 전혀 개의치 않는 표정으로 렉스터 남작과 그윈을 바라보았다.

"더 할 텐가?"

"해도 아무것도 못할 텐데 더 이상의 대련은 무리인 것 같습니다."

고개를 저은 그윈은 그대로 검을 갈무리했다. 멈칫한 렉스터 남작은 더 검은 섞고 싶은 듯했으나 하멜 남작이 무력화되면서 이미 상황은 종료된 것과 다를 바가 없었다.

"세 명이 합공해도 아무런 타격을 못 주다니, 대체 절대강자는 드래곤 본이라도 씹어 먹은 겁니까."

렉스터 남작, 하멜 남작, 그윈, 셋 모두 마스터의 경지에 오른 강자들이었지만 절대강자인 마블론 한 명을 어쩌지 못한 것에 불만을 토로한 것이다.

그 말을 듣고 있던 마블론은 작게 실소하며 대답했다.

"강해질 수 있다면 드래곤 본이라도 먹었겠지. 그전에 내 치아가 다 부서지겠지만."

"마스터도 나름 대단한 경지라 생각했는데 절대강자와의 차이를 생각하면, 정말 어렵습니다."

"대단한 것처럼 보이지만 세상의 시선이 그렇지 않다는 걸 알고 있겠지? 당장 가문에 나보다 강한 사람이 둘이나 더 있다."

"뭐, 주군이야 자타가 공인하는 괴물 아닙니까? 솔직히 그분을 인간으로 평가하는 건 무리라고 생각합니다. 드래곤도 아니고, 대체 무슨 존재가 둔갑한 건지 원……."

"불경하다!"

렉스터 남작의 고함에 찔끔한 그윈은 사신의 실수를 자각하고는 어색한 웃음을 흘렸다.

"하하! 제가 가끔 이렇게 엇나가는 매력이 있지 않습니까. 그런데 클레디오 백작님도 무지막지하던데 상대하기가 힘드십니까?"

"마왕과 대적할 정도였으니 인간의 범주는 벗어났다고 봐야겠지."

"하긴, 인간이 마왕과 대결한다는 발상 자체가 우습긴 하지요."

"아마 열 수 정도는 받아낼 수 있지 않을까 싶다."

자신이 말해놓고 우스웠는지 마블론은 어처구니없는 표정으로 고개를 저었다.

대륙에 열 명도 되지 않는 절대강자인 자신이 클레디오 백작의 열 수를 감당할 수 있다고 말해놓고 심각하게 고민하는 모습을 보이니 말이다.

하지만 엄연한 사실이며, 곁에 있는 강자의 존재는 그가 끊임없이 정진할 수 있게 해주는 자극제가 되었다.

"세상 정말 힘듭니다. 괴물 같은 인간들은 득실거려서 위에는 까마득히 강자들이 넘쳐나고, 아래에는 미친 듯이 치고 올라오는 녀석들이 있으니……."

"......"

그윈의 푸념에 마블론이나 렉스터 남작은 그러려니 하는 표정이었지만 하멜 남작은 황당함을 감추지 못했다.

"내 입장에서는 치고 올라오는 게 너란 걸 잊었나?"

"하하! 저야 뭐 이제 한 식구 같은 존재 아닙니까? 좋게 봐주십쇼."

"로운 후작도 대단하다고 여겼지만 휘하 기사들도 이러니, 기사단이 강할 수밖에 없는 이유가 있군."

클레디오 백작이 귀순하면서 자연히 로운 후작가에 합류한 하멜 남작은 초기에 불만이 대단했다. 그래서 때때로 가문의 기사들에게 시비를 걸고는 했는데, 모두 승리를 거뒀지만 그 끝은 그리 좋지 못했다.

분명 실력에 미치지는 못하는데 집요할 정도로 달라붙어서 공격을 이어나갔던 것이다.

끝까지 포기하지 않고 공세를 이어나가던 모습을 생각하면 지금도 기가 질릴 정도다.

"그 주군에 그 기사들 아니겠습니까. 저도 예전에 같은 부류였는데, 이제는 기가 질릴 정도입니다. 매일 대련하자고 달려드는데, 하멜 남작님이 오셔서 다행입니다, 하하!"

"날 보면 달려들던 게 그런 거였나?"

"뭐 그렇지 않겠습니까? 그래도 다행입니다. 제 동지가 되어주셨으니 말이죠."

"동지?"

"그야 매일 마블론 님에게 깨져, 단장님에게 깨지다가 같이 깨지는 분이 나타났으니 기쁠 수밖에요. 전 하멜 남작님과 카르딘 남작님이 정말 좋습니다."

"……."

노골적으로 기뻐하는 모습에 하멜 남작의 표정이 떫은 감을 씹은 것처럼 찌푸려졌다.

하지만 기분이 나쁘지는 않았다. 이곳에 오면서 무수히 많은 강자와 검을 겨루게 되었고, 자신의 실력을 마음껏 펼치고, 비기를 겨뤄볼 수 있었다. 무엇보다 클레디오 백작도 비로소 평안을 찾은 것 같기에 하멜 남작은 뭐든 것이 좋게 여겨졌다.

"다 쉬었으니 다시 겨뤄 보도록 하지."

"예?"

다시 검을 잡으며 자리에서 일어서는 모습에 그윈이 황당한 표정을 지었다. 하지만 하멜 남작은 입꼬리를 말아 올리며 말했다.

"이렇게 두드려 맞기 싫으면 열심히 수련해서 절대강자에 올라야겠지. 그래야 편해지지 않겠나?"

"하긴, 틀린 말은 아닙니다. 그래도 당하는 역할은 사양인데, 끄응."

비틀거리면서 자리에서 일어났지만 그윈의 입가에도 미소가 걸렸다. 조용히 지켜보던 렉스터 남작도 검을 움켜쥐며 마블론 앞에 섰다.

"못 말리는 인간들 같으니."

강함을 향해 끊임없이 정진하는 모습을 보며 마블론도 싫지 않은 표정이었다.

군사부의 세 책사는 저마다 맡은 임무가 달랐다.

큰 그림을 잘 그리는 제이론은 전체적인 국면의 조정을 맡았으며, 세밀하게 전략 전술을 수립할 수 있는 클리멘트 남작이 실패의 가능성을 최소화했다.

마지막으로 임기응변에 능한 토릭슨은 과정에서 생겨나는 무수히 많은 변수를 최고의 결과로 만들어내는 능력을 지녔다.

세 명의 책사 중 가장 활용 폭이 넓은 것이 그였으며, 뛰어난 전략 전술을 지녔음에도 정치적인 식견도 상당했다. 때문에 티엘을 대신하여 황도에 가서 외교를 벌이기도 하고, 직접 협상을 하기로 했다.

그런 그가 티엘을 찾아온 것은 확실히 의외의 일이었다.

"주군 한 가지 묻고 싶은 것이 있어 찾아오게 되었습니다."

"무슨 일이지?"

"오늘 실례되는 부분을 언급하고 싶어서 그렇습니다."

"실례되는 부분이라……."

토릭슨이 무슨 말을 하는지 알 수 없었지만 평범한 일은 아니리라.

"말하도록."

"후계 부분에 대해서입니다."

"그걸 지금 논할 이유가 있나?"

티엘은 이제 갓 삼십대로 접어든다. 뿐만 아니라 절대강자의 경지를 뛰어넘었기에 백 살도 넘게 살 수 있다. 앞으로 많은 세월이 남은 만큼 벌써부터 후계 문제를 논하는 것은 문제가 생긴다.

"제가 언급하고자 하는 부분은 그런 것이 아닙니다. 주군은 건재하고, 후계가 자리를 잇는 것은 먼 훗날이 될 것입니다. 하지만 말씀드리고자 하는 것은 그윈 경의 아들이 후계 구도에 포함되는 경우입니다."

"……."

"공정한 출발선상에서 후계 구조를 선정하려는 주군의 의도는 알고 있지만 이것은 나쁜 선례를 만들기에 충분합니다."

티엘과 실비아의 사이는 좋고, 그윈의 충성심은 의심할 여지가 없다.

하지만 이것이 나쁜 선례를 만들 수 있고, 훗날 가문에 커다란 악재로 작용할 가능성이 농후한 것은 부인할 수 없는 사실이다.

"저는 주군께서 말씀을 철회해 주셨으면 합니다."

"토릭슨."

"예, 주군."

"네 장점은 인정하고 있지만 이럴 때만큼은 안 짚고 넘어갈 수는 없구나."

"그게 무슨 말씀이신지?"

"변수를 고려해야 하는 너의 입장은 이해한다. 분명 훗날 잘못될 가능성도 있겠지. 하지만 그것은 어디까지나 먼 훗날에 지나지 않는다. 지금 내가 건재하고, 가문 내에서 누구도 내 말을 거역할 수 없다. 누가 감히 가문을 혼란스럽게 만들 수 있단 것이냐?"

"…죄송합니다."

나직하지만 그 속에는 거역할 수 없는 절대적인 위엄이 서려 있었다. 토릭슨은 고개를 숙였지만 자신의 생각이 틀린 것을 인정하는 건 아니었다.

"바뀌는 것은 없다. 당장 내 대에 전성기를 구가하고 있고, 후대에는 그들의 역량에 따라 가문을 이끌어 나가면 된다. 역량이 미치지 못한다면 주변에 피해를 끼치느니 가문이 사라지는 게 더 낫겠지."

"그런 말도 안 되는!"

"세월이란 것이 그렇다. 난 그것에 대비할 뿐이고."

"⋯⋯."

"이제는 생각이 달라졌나 보군."

"무슨 말씀이십니까?"

"전에는 오로지 복수밖에 보지 않았나? 헤셀 백작이 무너지면서 더 이상 집착할 대상이 없으니 마음이 편해진 것처럼 보이는군."

"전 언제나 가문의 영광만 생각하고 있습니다. 제게 기회를 주신 주군의 가문이 영원하길 원하기에… 실례를 무릅쓰고 온 것입니다. 부디 제 충심을 알아주길."

아무것도 없던 시절, 토릭슨은 복수만 꿈꾸던 평범한 인물 중 하나였다.

그러던 그가 날개를 펼 수 있었던 것은 티엘의 적극적인 영입이 있고 나서였다.

자신이 생각하던 이상적인 주군이 아니었기에 거듭 거절을 했지만 막무가내에 가까운 영입 거절을 어찌 피할 수 있었겠는가.

당시에는 논리도, 명분도 없는 억지에 지나지 않았지만 시간이 흐르고 난 지금, 당시 그의 선택이 자신의 운명을 바꾸었음을 알 수 있었다.

"나는 가문이 영원하길 원치 않는다. 토릭슨, 네가 뛰어난 능력을 지닌 것은 알고 있다. 하기만 너의 후대, 그리고 그 후대에도 너 같은 인물이 계속 등장할 거라 믿나?"

"철저히 교육을 시킬 겁니다!"

"피는 어디로 가지 않으니 능력은 이어지겠지. 하지만 영원한 영광은 없다. 그것은 나에게도 해당하고. 그럴 생각도 없다."

티엘이 말하고자 하는 것은 불변하는 것은 없다는 의미였다.

지금 최고의 전성기를 구가하고 있다고 하나, 어디까지나 당대 그의 통치 아래 있을 뿐이며, 그의 후인이 지금처럼 강력한 무위와 지도력을 보여줄 수 있을지는 의문이 생길 수밖에 없다.

"후대에 고민할 부분까지 고민하지 마라. 지금 현재, 당장의 미래를 준비하는 것이 우선이다. 고민하고 또 고민해라."

"…제가 실례를 저질렀습니다."

"들을 만한 말이었다. 밖으로 나가지는 않지."

"……"

축객령이 떨어지자, 고개를 숙여 보인 토릭슨이 밖으로 나갔다.

"머리가 좋으니 미래에 대한 대비도 하려고 하는군. 틀린 말은 아니야."

피식 웃은 티엘은 조용히 눈을 감았다.

자신의 존재로 역사는 크게 바뀌었고, 미래에도 이어질 것이다.

가문의 영광?

오로지 검의 끝을 추구해 온 자신과는 어울리지 않는 단어다. 그저 지금처럼 가족들이 평온하고, 검의 끝을 바라볼 수 있다면 만족할 뿐. 하지만 그것이 영원하지 않을 걸 그는 잘 알고 있다.

"미래는 오로지 우리 손에 달렸다. 그러니 나머지 일은 후대에 남겨두도록 하지."

그것은 그들이 풀어야 할 숙제였다.

회유를 가장한 협박을 받은 헤수스 남작은 어떠한 결정도 내리지 못했다.

평생 동안 위클린 공작을 모신 그에게 있어 주군을 바꾸라는 말은 목에 칼이 들어와도 절대 바꿀 수 없는 사안이었다.

하지만 위클린 공작이 자신을 버리고 가문으로 돌아갔다는 사실은 맥을 빠지게 만들기 충분했다.

복잡한 생각으로 머릿속이 엉망진창으로 헝클어진 그를 찾은 것은 티엘이었다.

전보다 훨씬 수척해진 모습을 조용히 바라보다 입을 열었다.

"아직도 결정을 내리지 못했나?"

"…날 죽이십시오."

"그럴 수는 없지. 널 원해서 위클린 공작을 떼어놓았는데 이대로 죽게 둘 리가 있나?"

"……."

참담한 표정을 지은 헤수스 남작이 고개를 숙였다.

고민에 고민을 거듭하던 그는 한 차례 자살을 시도한 적이 있다.

하지만 결과는 실패.

항상 자신을 주시하는 눈이 있었고, 혀를 깨물기 무섭게 신관이 신성력을 퍼부어 멀쩡한 몸으로 만들었다.

자신의 목숨조차 마음대로 할 수 없는 처지에 이르면서 머릿속에 가득 찬 고민이 그를 나날이 마르게 했다.

"결정을 내리기 어려울 이유가 없을 텐데."

"왜 제게 이런 고민을 안겨주시는 겁니까."

"네가 탐나니까. 그것뿐이다."

"충신으로 태어나 두 주군을 섬길 수 없습니다. 부디 절 죽이십시오."

"그럴 수 없다니까."

어느덧 대화는 죽여 달라는 헤수스 남작의 부탁과, 싫다는 티엘의 대결이 되었다. 옥신각신하며 말을 주고받았지만 이미 승자가 정해진 대화였다.

머릿속을 지배하는 암담함에 고개를 푹 숙인 그를 향해 티엘이 말했다.

"이런 모습을 보면 가족들도 좋아하지 않을 텐데, 아쉽게되었군."

"…가족이라니, 그건 무슨 말씀이십니까."

"위클린 공작이 제법 철저하더군. 가문으로 돌아간 즉시 네 가문의 식솔들을 이곳으로 보내왔으니."

"……."

"이제 온전히 제 목숨만이 아니라 가문의 운명도 쥐게 된 셈이군. 그럼 이야기가 어떻게 될지 궁금하지 않나?"

가문의 명운을 두고 선택을 종용하는 티엘에게 헤수스 남작은 불같은 분노를 느꼈다.

이대로 그의 제안을 받아들이고 로운 후작가를 파멸로 몰아넣어버릴까? 그런 생각이 머릿속을 스쳤지만 티엘과 눈을 마주한 순간 그런 생각은 깨끗이 사라졌다.

눈앞의 절대강자는 자신의 계략으로 속일 수 있는 인물이 아니었다.

"저를, 이렇게 해서라도 저를 원하는 이유를 알고 싶습니다."

"간단히다. 네기 기문을 더 강하게 만들어줄 수 있는 인물로 적합하다는 생각이 들어서다."

"단지, 그것뿐입니까?"

"굳이 따지자면 우리 군사부에 속한 책사 중 없는 유형이라 말할 수 있겠군. 위클린 공작한테 붙어 있으면 나중에 성가셔질 것 같기도 하고. 내게 필요한 건 절대강자가 아니라, 전체적인 국면을 조성하고 그것을 조율할 수 있는 너의 존재다."

티엘의 말에 헤수스 남작은 가슴이 거세게 뛰는 것을 느꼈다.

그가 위클린 공작에게 탄복하고 진심으로 모시게 된 것은 척박했던 칼헤린 지방에서 힘을 기르고, 종래에는 한 국가의 건설을 목표로 삼은 야망 때문이었다.

눈앞의 티엘은 그 반대였다. 어떠한 목표도 뚜렷하게 드러나지 않았다. 하지만 그 이면에 숨어 있는 거대한 야망은 헤수스 남작을 압도하기에 충분했다.

이미 대세는 기울었다.

머리가 좋은 그의 머릿속으로 든 생각이었다.

어떠한 말로도 티엘의 생각을 바꿀 수 없다는 것을 알고 있는 그는 눈을 감고 생각에 잠겨 있다가 조심스럽게 발문을 열었다.

"…제안을 받아들이면 제 식솔들은 무사할 수 있는 것입니까?"

"그것뿐만 아니라 작위를 유지하고 영지도 내어주지."

"받아들이겠습니다."

그동안 거세게 반항했던 것이 허망하게 여겨질 만큼 손쉬운 허락이었다. 은연중 가족을 두고 압박한 것이 제대로 먹혀든 순간이었다.

입가에 미소를 지은 티엘이 고개를 끄덕이며 가볍게 손을 젓자, 헤수스 남작을 속박하던 모든 것이 반으로 잘리며 바닥에 뒹굴었다.

"가문의 일원이 된 것을 환영한다."

"……"

차마 충성을 바치겠다는 말을 할 수 없었던 그는 묵묵히 고개를 숙였다.

가신이 되어 보필하기로 한 시점부터, 티엘은 헤수스 남작을 감옥에서 해방시켰다. 그리고 사람들을 시켜 그동안 옥살이를 한 모습을 완전히 지우고 가문의 책사로 어울리는 대접을 해주었다.

몸을 깨끗이 씻고, 새 옷을 입은 그는 수척했지만 제대로
된 사람 몰골을 하고 있었다.

빌 빠른 움직임에 때 빼고 광낸 자신의 모습을 보고 그는
멍한 표정을 지우지 못했다.

"이, 이건……."

즉시 군사부에 배치된 현재 상황이 이해가 되지 않아 어안
이 벙벙한 표정을 지우지 못했다. 멍하니 서 있는 그를 바라
보던 클리멘트 남작이 손으로 자리를 권했다.

"제안을 받아들이셨군요. 환영합니다, 여기에 앉으십시
오."

"…그렇게 되었습니다."

자리에 앉은 헤수스 남작은 주변을 둘러보다가 입을 다물
었다.

조금 전과 판이하게 달라진 대우에 어떻게 반응을 해야 할
지 머릿속이 복잡했다.

"아마 달라진 환경에 혼란스러울 거라 생각합니다."

"그렇습니다."

"주군께서는 가신들에 대한 대우 하나만큼은 확실합니다.
아마 남작님에게서 자신에게 진심으로 충성을 바칠 준비가
되었다고 생각하셨으니, 이런 대우가 이어지는 거라 생각합

니다. 복잡하게 생각할 것은 없습니다."

"충성을? 서는 협박을 받아서 이 자리에 앉게 되었습니다."

당치도 않다는 듯 코웃음을 치는 그였다. 만약 티엘이 억지를 부리지 않았다면 이 자리에 앉는 일도 없었을 것이다.

클리멘트 남작은 모든 것을 이해했다는 듯, 입가에 미소를 지으며 고개를 끄덕였다.

"그럴 것입니다. 저 또한 비슷한 경우였으니 말입니다."

"아⋯⋯."

그가 라이오너 후작의 책사였음을 떠올린 헤수스 남작이 고개를 끄덕였다.

당시 아스트롱 공작가를 놓고 첨예하게 대립하면서 그는 굉장히 상대하기 까다로운 책사였다.

"이렇게 우리가 한 자리에 앉아 있는 것이 아직도 얼떨떨합니다. 아마 주군 같은 분이 아니라면 이런 자리를 만드는 것 자체도 불가능한 일이었지요."

"로운 후작 각하를 완전히 모시고 있나 봅니다."

못마땅함이 실려 있는 목소리였지만 클리멘트 남작은 개의치 않는 표정을 지었다.

"모시던 주군은 죽음을 당했고, 저 또한 헤수스 남작님과 비슷한 처지였습니다. 이대로 죽을 생각만 하고 있었는데, 주군께서는 회유와 협박을 번갈아가며 하더군요."

"그럼……?"

"주군은 한 번 정한 결정을 뒤집는 적이 없습니다. 만약 이런저런 조건은 걸고 저를 청했다면 못 이기는 척 받아들였을 것입니다. 하지만 주군께서 원하는 건 그게 아니었습니다. 제 마음이 완전히 꺾이도록 만든 뒤, 온전히 충성을 바치게 하시더군요."

"그런데 진심으로 충성을 바친다?"

"어쩔 수 없지 않습니까. 제 능력으로 주군에게 어떠한 해도 끼칠 수 없는데."

"……."

쓴웃음을 짓는 모습에서 방금 전 자신의 각오가 산산이 깎여 나가는 기분이었다.

그의 말마따나 이미 인간의 한계를 뛰어넘은 티엘의 무위는 자신의 머리로 어떻게 해볼 수 있는 수준의 것이 아니었다.

그런 마음을 먹었던 클리멘트 남작은 지금 보면 두 말이 필요 없는 충신 중 충신이었다.

마음속 의문이 불쑥 솟아난 헤수스 남작이 물었다.

"어떻게 진심으로 충성을 바치게 된 겁니까?"

"자연스럽게 되었습니다."

"자연히?"

"황당한 일이었습니다. 마음이 꺾이고 난 뒤, 가문으로 오니 바로 중용을 받게 되었습니다. 주군을 초기부터 모시던 에조 남작과 슈마커 남작, 그리고 저까지 셋이서 동등한 권한을 가지게 되었죠. 그리고 무지막지한 일이 쏟아지기 시작했습니다. 가문의 대소사부터 시작해서 모든 군사적인 일까지 말입니다. 주군께서는 그것을 신경 쓰지 않으셨고, 가끔 회의에 참석하는 것이 고작이었습니다."

"…가문의 주인이 군을 움직이는 것도 제대로 보고조차 받지 않는다?"

"특이한 경우라는 걸 알고 있습니다. 보통 주인이 없으면 소홀하게 되지만 절대 그럴 수가 없더군요. 에조 남작과 슈마커 남작 모두 천재적인 책사였고, 저도 자부심을 가지고 있습니다. 그러다 보니 서로 의견을 나누면서 격렬한 토론을 벌이고, 지지 않기 위해서라도 최선을 다해야 했습니다. 그렇게 서로의 의견이 하나씩 더해지다 보니 어느덧 절대 질 수 없는 전략이 수립되더군요."

헤수스 남작은 고개를 끄덕이며 공감했다. 토릭슨 에조 남작과 제이론 슈마커 남작은 천재 책사로 이미 이름이 높았다. 그들과 전략 전술에 대해 대화를 나누다 보면 아마 시간이 가는 줄 몰랐을 것이다.

그러다 문득 클리멘트 남작이 무슨 말을 하고자 하는지 알아차린 그가 멈칫했다.

 "그럼 충성심은?"

 "하하! 일에 지쳐서 움직이는 새이 인한 같은 것은 사라져 있었습니다. 오로지 가문의 미래만이 제 머릿속을 가득 채우고 있더군요."

 "…역시나."

 "지금은 머릿속이 복잡할 거라 생각합니다. 아마 헤수스 남작님에게도 내일부터 일거리가 쏟아지게 될 겁니다. 허술하게 처리한다? 있을 수 없습니다. 당장 가신단을 이끄는 가스론 자작님의 눈을 속이는 것은 있을 수 없고, 우위를 차지하기 위해 우리 책사들이 서로에 대한 감시를 늦추지 않을 겁니다."

 "…허허!"

 서로의 재능을 알기에 자신이 더 뛰어나다는 것을 증명하고 싶어 한다. 말의 핵심이 그것임을 알아차린 헤수스 남작은 너털웃음을 흘렸다.

 "제가 이 말을 하는 이유가 무엇인지 알고 있습니까?"

 "결국 모두 들통 날 테니 허튼짓을 하지 말라는 걸로 들리는군요."

 "틀린 말은 아닙니다. 하지만 제가 말하고자 하는 것은 하나입니다. 이렇게 돌아가는 모든 상황은 주군이 다 의도하신 겁니다. 가문에서 주군의 눈과 귀가 닿지 않는 곳은 없습니다. 억지로 마음을 돌렸으나 가진 바 능력을 모두 발휘해 주셨으면 합니다."

"……."

마지막 말이 협박에 가까웠지만 결코 흘려들을 수 없었다.

표정을 굳힌 헤수스 남작은 고개를 끄덕이며 수긍했다.

주군을 바꾼 이상, 자신이 돌아갈 곳은 어디에도 존재하지 않았다.

제4장

선택의 기로

히드로 2세의 청혼을 받았지만 로즈의 마음은 변하지 않았다. 오히려 저택에 틀어박혀 검을 수련하는데 힘을 썼다.

그러나 어느 순간부터 주변 공기가 미묘하게 달라졌다는 것을 느꼈다.

그녀는 카본 대공과 매일 대련하다가 문득 멈춘 뒤 입을 열었다.

"한 가지 묻고 싶은 것이 있어요."

"말해 봐라."

"제가 폐하의 청혼을 거절한다면 아버지는 어떻게 하실 생각인가요?"

"그건⋯⋯."

말끝을 흐린 카본 대공은 아무 말도 하지 않았다. 그녀의 말은 그의 머릿속을 복잡하게 만들기 충분했다. 당장 제국의 숨은 검으로 목숨을 바쳐 수호해야 할 대상이 황제였고, 로즈는 사랑하는 여인이 남긴 하나뿐인 핏줄이었다.

그 무엇도 포기할 수 없는 입장에서 로즈의 질문은 그에게 괴로움을 선사했다.

"⋯여차하면 저를 포기해도 좋아요."

"그게 무슨 말이냐!"

"저는 아버지가 역적으로 남는 건 원치 않아요. 제국의 숨은 검이 되어 황제 폐하를 향해 검을 겨누는 것도 우스운 일이잖아요?"

"좋게 해결할 방법이 있을 거다. 그러니 너는 다른 생각을 하지 마라."

"다른 생각이 아니라 제 생각은 처음부터 결정되어 있었어요. 저는 폐하의 청혼을 어떻게 거절해야 할지 머릿속이 복잡해요."

[이럴 때는 조용히 떠나는 것이 최선의 방법이랍니다?]

율리아가 머릿속에서 조언을 해줬지만 그것은 그녀의 성격과 맞지 않았다.

확실하게 모든 것을 매듭짓고, 자신의 무위에 확신이 생겨야만 황도를 떠날 것이다.

[하아, 고지식하긴. 그렇게 강한 힘을 쥐고도 확신을 갖지 못하는 당신이 이해가 되지 않는답니다.]

율리아가 툴툴거렸지만 그다음 말은 더 이상 이어지지 않았다.

"…나도 네가 원치 않는다면 폐하의 제안을 받아들이지 않아도 된다고 생각한다."

"정말인가요?"

"물론이다. 네가 내 딸이며, 공녀라고 하나 혼인 문제에서 내 재량만 있다면 얼마든지 자유로워질 수 있다. 로즈, 넌 네가 사랑하는 남자를 쟁취할 만한 자격이 있다."

이미 제국제일미녀로 이름을 드높인 그녀였다. 그럼에도 다른 곳에 눈을 돌리지 않고 검에 일로정진하면서 마음속에는 한 남자만 품고 있는 모습에 카본 대공은 감복한 상태였다.

그렇기에 딸을 위해 오명까지 감수할 마음의 준비가 되어 있었다.

하지만 로즈는 그렇게 극단적으로 움직여서 황제와 척을 질 생각은 없었다.

모든 상황을 원만하게.

사촌 동생이자, 명실상부 제국의 지배자가 된 히드로 2세에게 망신을 주고 싶지 않았다.

하지만 누군가는 자존심에 상처를 입을 수밖에 없는 만큼, 그녀의 고민도 깊어만 가고 있었다.

[하아! 이젠 나도 몰라요.]

조용히 침묵을 지키고 있는 율리아에게도 어떠한 말도 흘러나오지 않았다.

"최선을 다해볼게요."

"멀리서나마 응원하마."

"……."

입을 다문 로즈가 살짝 고개를 숙여 변치 않는 응원에 감사를 표했다.

카젤 국왕이 이끄는 블레임 왕국의 용병들은 파죽지세로 칼헤린 지방으로 밀고 들어갔다.

척박한 사막지대에서 비옥한 칼헤린 지방에서 살아갈 수 있다는 희망은 그들에게 커다란 희망을 심어주기에 충분했다.

특히 카젤 국왕의 의욕이 가장 높았는데, 용병들을 데리고 정착하면서 왕국을 세웠지만 타국에서는 여전히 용병왕이라 칭하며 무시하기를 주저하지 않았기에 이번 기회를 발판 삼아 왕국의 기초를 닦을 생각에 부풀어 있었다.

절대강자인 그가 선두에 서서 검을 휘두르니, 칼헤린 지방의 영주들은 속수무책이었다.

전혜의 요새가 아닌 이상 절대강자의 검격 아래 성벽은 무력했고, 난전에 능한 용병들의 전력이 극대화되면서 전쟁은 빠른 속도로 블레임 왕국에 기울고 있었다.

"크크크, 이거 나쁘지 않군."

입꼬리를 말아 올린 카젤 국왕은 불길이 타오르는 성 위에 서서 드넓게 펼쳐진 평야를 바라보았다.

비옥한 이 대지에 심어진 곡식은 백성들의 숫자를 늘려줄 것이고, 곧이어 자신의 백성이 되어 힘이 되어줄 것이다.

이제 모든 것이 시작이다.

"전체를 삼킬 수 없지만 절반 정도는 충분히 삼킬 수 있지."

현재 칼헤린 지방의 사분지 일가량을 집어삼킨 카젤 국왕의 눈이 야망으로 번들거렸다.

한 왕국에 버금가는 칼헤린 지방을 집어삼킬 수는 없을 것이다.

포로로 사로잡혔던 위클린 공작이 복귀했고, 내전을 벌이던 영주들이 일제히 그의 명령을 따라 분쟁을 중단하고 힘을 모은 것이다.

물론 로운 후작에 의해 망신창이가 된 위클린 공작을 당해
내지 못할 카젤 국왕이 아니다.

하지만 그는 눈앞의 위클린 공작이 아니라 그다음을 생각
하고 있었다.

조금씩 전진을 하면서 칼헤린 지방의 삼분지 일 정도를 집
어삼키는 정도라면 제국에서도 섣불리 손을 쓸 수 없을 터였
다.

그 정도면 블레임 왕국의 규모를 몇 배 이상 키울 수 있을
것이다.

달콤한 상상에 젖어 있던 그의 상념을 깬 것은 휘하 용병이
었다.

"주군!"

"뭐냐?"

"로운 후작가에서 서신이 도착했습니다."

"…가져와라."

날카로운 목소리를 내다가 로운 후작이라는 말에 자동으
로 입을 다물었다.

같은 절대강자였지만 그 실력은 저만치 위에 속해 있는 그
의 존재는 칼헤린 지방 전체를 집어삼키고 싶어 하는 그의 야
망에 제동을 걸고 있었다.

부하가 가져온 편지를 펼쳐 든 카젤 국왕은 빠른 속도로 내

용을 읽어나갔다. 그리고 내용을 모두 읽은 그의 표정이 일그러지기 시작했다.

"제기랄!"

서신을 팽개친 그는 가슴속에 우러나오는 욕을 참지 못했다.

밖에서 호위를 서고 있던 용병들이 우르르 안으로 들어와 안부를 물었다.

"전하! 무슨 일입니까?"

"됐다, 모두 나가도록."

"예!"

심기가 불편해 보이는 카젤 국왕의 표정을 보곤 그들은 빠른 속도로 밖으로 나갔다.

홀로 남은 그는 양손으로 머리를 움켜쥐며 고민에 빠졌다.

서신의 내용은 길었지만 짧게 요약하면 간단했다.

"진군을 그만하라고? 개 같은 자식! 실컷 이용해 놓고 필요가 사라지니 제멋대로 제동을 걸어?"

로운 후작의 의사는 간단했다.

이제 칼헤린 지방에서 그만 분탕질을 칠 것. 여태까지 점령한 영토는 인정하겠지만 그 이상은 자중하라는 내용이었다.

용병을 이끌고 더 전진하면 넓은 대지를 차지할 수 있는 일이지만 이 소식을 전해온 것이 다른 이도 아닌 로운 후작이라는 점이다.

무시한다면? 아마 군을 이끌고 자신을 공격할지도 몰랐다.

한 번 적으로 규정한 자를 끝까지 쫓는 그의 집요함은 꿈에서 나올 만큼 살벌했기에 절대 쉬이 넘길 수 없었다.

"끄응!"

피해갈 방법을 생각하고 또 생각해 보았지만 뚜렷한 방안은 나오지 않았다.

결국 그의 말대로 따르는 수밖에 없다는 것.

애초에 자신에게 주어진 선택지가 하나밖에 없다는 사실이 그로 하여금 자존심에 상처를 입게 만들었다.

"제기랄……."

"오랜만이군."

앞에 선 상대에게 인사를 건네니 우두커니 서 있던 중년인도 마주 인사를 해왔다.

"오랜만이네."

"이렇게 적으로 만날 줄은 몰랐는데."

"세월이 흐르고, 이해관계가 변하면 어쩔 수 없는 일 아닌가. 나도 자네도 한 지방을 대표하는 맹주이자, 가문을 다스리는 가주인데 이렇게 적으로 마주하는 일이 없다고 단언할 수 없지."

"그렇군, 내가 너무 순진했던가, 윈스터 후작."

레디븐 백작은 맞은편에 앉은 윈스터 후작을 살벌하게 노려보며 말했다. 그에 제국 북부 최고의 실력자인 윈스터 후작이 고개를 끄덕였다.

"아아, 자네가 순진했다네."

황궁에서 쫓겨난 뒤, 원래 다스리던 영토와 세이주 지방을 추스르던 레디븐 백작에게 윈스터 후작의 침공은 청천벽력과도 같았다.

아직 전력이 완벽하게 수습되지 않았으며, 서쪽으로 히드로 2세의 칼을 마주해야 하는 상황에서 온전히 전력을 기울일 수 없었다.

당장 전면에 도열한 윈스터 후작군의 숫자는 이십만을 헤아렸다.

그에 반해 레디븐 백작가 군대는 칠만이 고작. 질에서도 윈스터 후작가를 능가하지 못했다.

조성된 모든 상황이 최악으로 치닫고 있었지만 레디븐 백작의 표정은 차분했다.

"우리를 집어삼킬 생각인가?"

"폐하의 충실한 신하가 되어 역모를 저지른 자를 토벌하는 건 당연한 일이 아닌가."

"폐하께 아무런 보고도 없이 북부를 통일한 네가 그런 말을 하니 우습군."

"세상은 어디까지나 힘의 논리에 의해 좌지우지되는 게 아
닌가. 나 또한 난적인 자네가 약해졌을 때 공격을 하는 것이
최선의 방법인 게지."

"…그럴 테지."

윈스터 후작도, 레디븐 백작도 모두 알고 있다.

어린 시절 친한 친구였지만 더 이상 그때로 돌아갈 수 없다
는 걸 말이다.

이 자리가 끝나면 둘에게 남는 것은 서로 피 튀기는 치열한
전투뿐이다.

술병을 손에 든 레디븐 백작이 윈스터 후작에게 내밀었다.

"술 한 잔 받게."

"이별주로군. 우리가 열 개전에 아주 잘 어울리겠어."

"주군!"

거리낌 없이 술병을 받아 드는 윈스터 후작에게 나이가 지
긋한 노인이 나섰다.

윈스터 후작의 제1책사인 질렛이었다.

주변의 시선이 모두 집중되었지만 그는 개의치 않고 윈스
터 후작에게 고했다.

"술에 어떤 수작을 부렸을지 알 수 없습니다."

"친구인 그가 수작을 부렸을까."

"주군께 변고가 생기면 가장 큰 이득을 취하는 것은 레디븐 백작입니다."

"……."

대놓고 레디븐 백작을 의심하는 질레의 말에 주변 분위기가 싸늘하게 식어갔다.

"나는 제국 북부의 맹주 윈스터 후작이다! 내가 이 정도 호기를 보이지 못하면 그 누가 나를 믿고 따를 것인가. 질렛은 더 이상 내게 고하지 말라!"

"하오나……."

질렛이 말을 하려고 했지만 윈스터 후작은 거리낌 없이 술병을 열고 마시기 시작했다.

단숨에 들이켜는 모습을 보며 레디븐 백작도 술을 마셨다.

그렇게 둘 사이에 아무런 말도 오가지 않은 채 술 마시는 소리만 울려 퍼졌다.

쿵!

술을 모두 마신 윈스터 후작이 탁자 위로 병을 올려놓았다. 비슷한 시기에 레디븐 백작도 술을 다 마시고 윈스터 후작을 바라보았다.

빠르게 마셨기에 둘의 얼굴은 술기운으로 붉게 달아올라 있었다. 그것도 잠시, 이내 윈스터 후작의 얼굴이 푸른색으로 물들기 시작했다.

이것이 무엇을 뜻하는지 뻔했다.

"주군!"

윈스터 후작을 수행하는 질렛과 실레반의 얼굴이 창백해졌다.

"이놈들!"

뒤에 도열한 기사들이 분노하여 검을 뽑아 들었다. 그러자 레디븐 백작 측의 기사들도 검을 겨누었다.

순식간에 두 진영의 분위기가 팽팽하게 당겨졌다. 당장 충돌을 일으켜도 이상하지 않을 만큼 양측의 분위기는 살벌했다.

변화가 일어난 것은 바로 그때였다.

우웅!

파랗게 질려 있던 윈스터 후작의 손가락에 있던 반지가 빛을 발하더니, 그의 얼굴이 다시 본래 색으로 돌아오기 시작한 것이다.

"웩!"

윈스터 후작이 토하듯 뱉어낸 것은 검은색 물질이었다. 모두 급변하는 상황에 적응하지 못한 채 어안이 벙벙한 눈으로 윈스터 후작을 바라보았다.

"술에 수작을 부렸을 줄 몰랐군."

"비장의 수단이 있었나? 쉽게 갈 수 있었는데 안타깝군."

레디븐 백작은 진심으로 아까워하는 표정이었다. 그의 눈에 서린 적의를 보면서 친구 관계의 마지막이라고 생각한 것은 자신뿐이란 걸 깨달았다.

그는 이미 자신을 적으로 규정하고 있었다.

"이걸로 우리는 더 이상 친구 사이라고 할 수 없겠군. 안 그런가?"

"군대를 이끌고 나를 공격한 시점에서부터 넌 내 적이었다."

"틀린 말은 아니로군."

아직도 검을 겨누고 있는 기사들을 보던 윈스터 후작이 자리에서 일어났다. 그러자 자연스럽게 둘러싸며 호위대형을 구축했다.

"조용히 물러난다. 오늘 이 자리에서 옛 친구의 뜻을 알아차리는 것만으로 충분한 수확이 되었으니까. 돌아간 뒤 모든 전력을 기울여 단숨에 무너뜨린다."

"예!"

살벌한 눈으로 레디븐 백작 측을 노려보던 윈스터 후작의 가신들이 조용히 물러났다.

그때까지 자리를 지키고 있던 레디븐 백작은 가볍게 한숨을 내쉬었다.

"대비가 되어 있을 거라 생각했지만 아까운 것은 별수 없군."

"이 정도로 무너졌다면 제국 북부를 통일하지도 못했을 것입니다, 주군."

대화가 끝날 때까지 조용히 시립하고 있던 제이안이 말을 받았다.

"전력의 차이가 극명하니 쉽지 않은 전투가 되겠지."

"윈스터 후작가의 정예병들은 두렵습니다. 하지만 저들에게는 치명적인 약점이 존재합니다."

"아아, 그렇지. 그게 잘 통하리라 생각하나?"

"믿고 지켜봐 주십시오."

자신감 넘치는 제이안의 얼굴을 빤히 바라보던 레디븐 백작은 고개를 끄덕였다.

"그러지."

세 배에 달하는 적을 앞에 둔 상황이지만 그의 얼굴에는 자신감이 묻어나오고 있었다.

"…지금 내게 무슨 말을 한 것입니까."

체블린의 말을 들은 레임의 얼굴이 분노로 물들었다. 자신에게 선택을 종용하는 단호한 표정을 보면서 당장 검을 뽑아 들고 싶은 충동이 들었다.

하지만 그에게 고하는 체블린의 어조는 작았지만 강렬했다.

"이대로 가만히 있으면 안 된다고 했습니다, 도련님."

"그렇다고 해도 달라지는 것은 없습니다. 지금 내게 아버지를 배신하라니? 제정신입니까?"

"데디븐 백직을 정벌하기 위해 떠난 지금이 절호의 기회입니다. 질렛도, 실레반도 함께 전장으로 갔고, 그리퍼 공자도 전장으로 갔습니다. 지금이 가문을 취할 수 있는 유일한 기회입니다."

"내가 후계자가 되지 못한다고 해도 가문을 배신하는 일은 절대 없을 것입니다. 다시는 그런 말을 할 생각을 마십시오."

레임은 두 번 다시 듣기 싫다는 표정으로 말했다.

하지만 체블린도 물러서지 않았다.

"이대로 가면 도련님이 후계자가 될 수 있을 거라 생각합니까?"

"……"

"헤셀 백작에게 당한 것은 마왕의 힘을 빌린 술수였습니다. 한마디로 인간의 힘으로 극복하는 것이 불가능한 일이었습니다. 그리고 당한 것은 우리뿐만 아니라 그리퍼 공자도 마찬가지였습니다. 그런데 상황은 어떻게 돌아가고 있습니까? 모두 도련님의 후계 구도 탈락을 당연시 여기고 있습니다."

세이주 지방 공략 실패 이후, 레임의 입지는 눈에 띄게 좁아지고 있었다.

비록 패배했더라도 유연하게 대처를 한 그리퍼와 달리 레임은 공적에 눈이 멀어 실수를 연발했다는 것이 그 이유였다.

이걸 바탕으로 질렛의 힘을 등에 업은 실레반이 연일 맹공을 펼치니, 레임과 체블린의 입지는 줄어들 수밖에 없었다. 그리고 지금에 이르러서는 레임이 후계 구도에서 한 발자국 물러난 모양이 되고 말았다.

모든 것이 그리퍼 측의 작품이고, 레임으로서는 억울할 수밖에 없는 상황이다.

아무 말도 하지 않는 레임을 보며 체블린은 빠르게 말을 이어나갔다.

"도련님이 이대로 후계 구도에 물러나는 것은 아무래도 좋습니다. 하지만 주군이 물러나셨을 경우를 생각하셔야 합니다."

"그게 무슨 뜻입니까?"

"그리퍼 공자가 후작위에 오르면 도련님을 가만둘 것 같습니까?"

"그건……."

"형제이기에 자비를 기대하는 것은 어리석은 일입니다. 오히려 가장 잔혹하게 숙청에 들어갈 수 있습니다. 아니, 이건 후작가를 완벽하게 장악하기 위해 반드시 해야 할 일입니다. 도련님이라면 후작위에 올랐는데 그리퍼 공자를 멀쩡히 둘

겁니까?"

"······."

절대 아니었다.

사신이 아니라는 생각이 들자, 그리피도 그럴 리가 없다는 생각이 들었다.

이는 자신의 미래가 어둡다 못해 아예 단절된다는 걸 의미했다.

"방법은 하나뿐입니다, 도련님."

낮게 속삭이는 체블린의 목소리는 악마의 속삭임보다 달콤했다. 굳건하던 레임의 눈도 그 속삭임에 흔들리기 시작했다.

"하지만 반란이라니······."

"무작정 반란을 일으키자는 뜻이 아닙니다. 이번 전쟁에서 주군이 패할 경우, 만약의 상황을 대비하자는 것입니다."

"아버지가 패한다고? 그건 절대 있을 수 없는 일입니다."

레디븐 백작보다 세 배가 넘는 병력 차이가 존재하는 상황에서 패배는 있을 수 없는 일이다.

강하게 부정하는 그를 보며 체블린은 두루뭉술하게 설명했다.

"만약의 상황을 언급하는 것뿐입니다. 주군이 승리하더라도 세이주 지방을 점령하고 안정시키는 데 시간이 걸립니다.

하지만 패한다면? 주군께서 은퇴하고 그대로 그리퍼 공자에게 후작위를 불려줄 수 있습니다."

"어째서 그렇습니까?"

"실책을 감추고, 정치적 입지를 보전하기 위해서입니다. 주군께서는 야망이 크시나 주변의 책사들이 겁쟁이인지라 변수를 견제하고 계십니다. 레디븐 백작에게 당한 패배로 인해 북부 맹주의 자리가 흔들리는 것을 방지하고자 물러날 것입니다. 물론 그 권력은 고스란히 주군께서 쥘 것입니다."

"그럼 나는? 어머니는?"

"그리퍼 공자의 정치적 입지 강화를 위해서 희생도 불가피할 것입니다."

"크윽!"

말을 지어내는 것에 불과했지만 체블린의 말은 그럴듯하게 들렸기에 레임의 표정이 형편없이 일그러졌다.

가문의 주축을 이루는 원로 가신에게 전폭적인 지지를 받고 있는 이상 후계 자리에서 밀려난 자신은 걸림돌에 불과할 터였다.

앞을 가로막는 장애물이라면 치워 버리는 것이 최선. 자신이었더라도 그랬을 것이다.

"도련님! 이건 반란이 아닙니다. 그저 미래를 대비한 하나의 방법을 마련하는 것입니다. 이대로 물러나기에는 너무나 억울하지 않습니까?"

그 말이 레임의 가슴을 후벼 팠다.

자신은 반드시 후계자가 되어야 했다.

어머니의 기대에 부응하기 위해, 목표로 삼았던 권력을 손에 쥐기 위해.

그리고 살아남기 위해.

이를 악문 그는 독기에 찬 표정으로 강하게 고개를 끄덕였다.

"…알겠습니다. 말대로 따르겠습니다."

"현명한 판단이십니다."

의지를 불태우는 모습을 보며 체블린은 환하게 웃었다.

콰앙!

거센 충격이 주변을 휩쓰는 순간, 한 인영이 끈 떨어진 연처럼 나가떨어졌다. 자욱한 흙먼지가 일어나며 주변을 뒤덮었고 잠시 후 드러난 광경은 처참하게 널브러져 있는 카본 대공의 몸이었다.

그는 전신에 엄습하는 고통보다 단 한 수로 자신을 무력화시킨 딸의 무력에 전율했다.

대체 인간이 어디까지 강해질 수 있단 말인가. 가늘게 몸을 떨던 그는 자신이 했던 약속을 머릿속에 떠올리고는 한숨을 푹 내쉬었다.

"…내가 졌다."

"감사합니다."

담담하게 인사를 하지만 그녀의 두 눈에는 강한 결의가 서려 있었다.

그것이 무엇인지 알아차린 카본 대공은 웃음을 지으며 고개를 끄덕였다.

"마음의 결심이 섰구나."

"네, 이제 떠나겠어요."

"로운 후작령으로 가는 것이냐?"

"아버지에게 죄송하지만, 폐하께 사실을 알리면 소란이 벌어질 것 같아요. 그건 저도 원하지 않아요. 조용히 떠나도록 할게요."

"그래, 내가 보기에도 그것이 최선이다."

"죄송해요, 모든 짐을 아버지에게 떠넘겨서."

로즈가 사라지면 히드로 2세가 누굴 들들 볶을지는 불을 보듯 뻔했다. 후에 벌어질 일을 떠올린 그녀의 표정은 그리 밝지 않았다.

"사랑을 쟁취하기 위해 떠나는데 왜 그렇게 어두운 것이냐. 너는 내가 그 정도 일로 폐하께 고초를 겪을 것이라 생각하느냐?"

"…그건 아니에요. 그저 아버지에게 죄를 저지르는 것 같아서요."

"그런 마음이라도 있으니 다행이구나. 좀 더 철부지 같은 모습을 보여주다가 좋은 남자를 만나서 시집을 가면 좋으련만, 하필이면 그놈이라니. 에잉."

인상을 구기며 중얼거리는 그였지만 그 속에는 로즈에 대한 애정이 묻어나오고 있었다. 자신이 떠난 뒤 그가 짊어져야 할 짐의 무게를 알고 있었기에 로즈는 가만히 있을 수 없었다.

한 걸음씩 앞으로 다가간 그녀는 그대로 카본 대공의 품에 안겼다.

어느새 훌쩍 커버린 딸을 안으며 조용히 머리를 쓰다듬어 주었다.

"죄송해요. 정말… 죄송해요."

"괜찮다. 괜찮으니 어서 네 길을 가라. 가는 김에 확실하게 그 녀석을 눌러주도록 하고. 너라면 충분히 그놈을 꺾을 수 있을 거다."

"최선을 다할게요."

카본 대공의 품에 벗어난 로즈가 두 손을 움켜쥐며 말했다. 굳은 의지가 묻어나오는 모습에 카본 대공은 진한 웃음을 지으며 고개를 끄덕였다.

"좋아, 이제야 내 딸답구나."

"언제는 딸이 아니었나요."

"갑작스러운 실연 이후 전혀 예전 모습을 보여주지 않았으니."

"변해야만 했으니까요. 그래야 제가 힘을 줄 수 있을 거라 생각했어요."

"그래, 네 노력은 널 배신하지 않았다."

떠나는 딸에게 부담을 주고 싶지는 않았다. 이어질 히드로 2세의 분노가 염려되었지만 로즈라면, 자신이라면 충분히 감당할 수 있을 것이다.

"가라."

"……."

고개를 숙인 로즈가 연무장을 벗어났다. 이제 짐을 챙기고 황도를 벗어나 로운 후작령으로 향할 것이다.

그리고 한 판 붙고 어느 형태든 결정이 날 테지.

"이거 아버지 체면이 말이 아니구먼."

형편없이 구겨진 자신의 체면에 카본 대공은 너털웃음을 지었다.

하지만 로즈에 대한 히드로 2세의 집착은 카본 대공 부녀의 예상을 훨씬 뛰어넘고 있었다.

짐을 챙긴 그녀가 가문을 나섰다는 보고를 받는 즉시, 그 내용은 히드로 2세에게 전해졌다.

"…역시."

눈을 감은 그는 치밀어 오르는 분노를 누그러뜨리기 위해 숨을 골랐다. 주변에 들어오는 모든 시야를 차단하지 않으면 어떻게 행동할지 스스로도 장담할 수 없었다.

"내가 그렇게 싫었습니까? 제국의 지배자인데, 누구보다 강력한 권력을 쥐고 있는 짐인데!"

아무도 없는 공간이었지만 로즈가 앞에 있는 것처럼 히드로 2세의 어조는 격앙되어 있었다.

자신이 사랑한 여인이 경쟁자로 여기는 이에게 가는 현실을 인정하기 싫었다.

왜 하필 자신이 아니고 그여야만 하는가.

현실과 타협하고 자신의 품에 안기면 안 되는 이유라도 있는 것인가.

관심은 사랑으로 이어지고, 지나친 사랑은 집착이 되었다. 이대로 로즈를 떠나보내면 자신에게 영영 기회가 없을 거란 걸 깨닫는 순간, 히드로 2세는 수단과 방법을 가리지 않아야 함을 느꼈다.

"하브리스 공작!"

"하명하십시오, 폐하."

대전을 쩌렁쩌렁 울리는 모습에 귀신처럼 모습을 드러낸 하브리스 공작이 예를 취했다.

무표정한 얼굴로 그를 내려다보는 히드로 2세의 눈이 이글이글 타올랐다.

"당장 근위기사단을 소집하도록 하십시오. 짐의 제안에 어떠한 답변도 없이 빠져나가는 로즈 공녀를 사로잡을 것입니다."

"……."

"짐의 명령이 들리지 않습니까?"

"…명을 받듭니다."

분노가 실린 목소리에 하브리스 공작은 고개를 깊이 숙였다.

하지만 그 표정은 결코 밝지 않았다.

황도를 빠져나가는 로즈의 발걸음은 경쾌했다.

언젠가 다시 돌아가겠다며 다짐한 것이 벌써 몇 년 전이다. 그동안 로운 후작령으로 향할 날만 고대하며 수련에 수련을 거듭했다. 당장에라도 보름이 걸리는 거리를 주파하고 로운 후작령으로 가고 싶은 마음이 가득했다.

혹시나 알아볼 사람이 있을까 싶어 가죽 갑옷을 입은 뒤, 큰 크기의 후드를 두르고 빠른 속도로 남문을 향해 움직였다.

하지만 유쾌한 기분은 오랫동안 이어지지 못했다.

그녀의 감각에 무언가가 포착되기 무섭게 율리아의 목소리가 뇌리에 울려 퍼진 것이다.

『아무래도 기다리는 손님이 있는 것 같은데요?』

"……."

멀리서 일단의 무리가 눈에 들어오는 순간 로즈의 발걸음이 멈췄다. 그리고 곧장 몸을 돌려 다른 곳으로 빠져나가려고 했다.

불필요한 충돌을 줄이고 싶은 마음의 발로였다.

그러나 그녀의 바람은 이루어지지 못했다.

돌연 대기를 가르는 파공음이 울려 퍼지면서 두 줄기 기운이 그녀에게 날아든 것이다.

쩌엉!

가볍게 몸을 돌려 그것을 피해낸 로즈가 지면에 착지하는 순간, 사방에 사람들이 모습을 드러냈다.

휘황찬란하기 그지없는 갑옷.

그것은 바로 근위기사단의 상징이었다.

선두에 선 것은 바로 하브리스 공작이었다.

"여기까지다. 순순히 저항을 포기하고 황궁으로 가도록 하자."

"……."

후드를 뒤집어쓰고 있었지만 이미 상대는 자신의 정체를 짐작하고 있었다. 마치 어린아이에게 말을 거는 것처럼 싱냥한 말투는 경계심을 풀기에 충분했지만 전신에서 풍겨 나오는 힘은 가볍지 않았다.

"대답도 하지 않을 생각인가? 그렇다면 무력으로 널 제압할 수밖에 없다."

그에 로즈의 몸이 멈칫했다. 한동안 아무 말도 하지 않았지만 하브리스 공작은 끈기 있게 그녀가 말을 하길 기다렸다.

내심 저항을 포기하고 이대로 황궁에 갔으면 하는 마음이 가득했다.

하지만 흘러나온 대답은 그의 기대를 배반했다.

"저는 숙부님을 다치게 만들 생각이 없습니다."

"정녕 검을 맞대야 하는 것인가?"

"누구도 다치게 만들기 싫어요."

"헛소리."

"…저는 분명 경고를 했어요. 힘 조절은 아직 어려우니 잘 막도록 하세요."

검을 뽑아 드는 모습을 보며 하브리스 공작은 미간을 잔뜩 찌푸렸다.

친우의 딸을 향해 검을 뽑는 일만큼은 하고 싶지 않았건만.

세상일은 그의 마음대로 돌아가지 않았다.

"저항을 포기해라!"

쐐액!

단숨에 쇄도하는 하브리스 공작의 검에 붉은 불길이 피어났다.

엘리멘탈 프로젝트로 얻은 힘을 활용하여 단숨에 무력화시킬 생각이었다.

콰콰콰콰!

하지만 그녀에게서 강렬한 기세가 발산되는 순간, 하브리스 공작은 저도 모르게 검을 쥔 손에 힘이 풀리는 것을 느꼈다.

"이, 이건?"

꽝!

검과 검이 충돌하면서 하브리스 공작의 몸이 주르륵 밀려났다. 온전히 힘이 실린 것과 그렇지 못한 것의 차이는 컸다.

"크으으!"

신음을 흘린 그가 로즈를 바라보자, 후드 사이로 드러난 그녀가 무표정한 얼굴로 말했다.

"저는 누구도 다치게 하고 싶지 않아요."

"그건 불가능하다!"

화르륵!

하브리스 공작의 몸이 불길로 화하면서 단숨에 로즈를 덮쳐나갔다. 절대강자 반열과 동급의 경지인 로드의 비기, 정령화였다.

주변의 대기를 모조리 집어삼키며 쇄도하는 하브리스 공작을 보며 로즈가 검을 세웠다. 동시에 분홍빛 기운이 아른거리더니, 강렬한 진동처럼 주변에 퍼져 나갔다.

우웅!

그 힘의 여파가 하브리스 공작의 불꽃과 얽히는 순간, 북터지는 소리와 함께 불꽃이 뒤로 밀려났다. 허공에서 신형을 이루고, 지면에 착지할 때 본래 몸으로 돌아온 그의 얼굴이 경악으로 물들어 있었다.

"이, 이 무슨 사이한 힘이란 말인가!"

"제게 사이하다니, 섭섭하네요, 숙부님."

"절대 놓치지 마라!"

외침이 터져 나오기 무섭게 근위기사들이 달려들며 검을 휘둘렀다.

사방을 점유하고, 각각의 속성 특징을 살려 압박해 오는 힘은 결코 가볍지 않았다.

하지만 그 힘을 마주하는 로즈의 표정에는 변화가 없었다.

자리에 서서 검을 크게 휘두르는 순간, 분홍빛 오러가 허공에 부채꼴로 퍼지면서 공격을 해오는 네 명의 근위기사의 힘과 충돌했다.

터엉!

"크윽!"

"흡!"

사기 신음이 터서 나왔고, 억지없이 뒤로 밀려났다. 시방을 점유하던 그들의 포위망이 느슨해지는 순간, 로즈가 한 걸음 앞으로 내딛었다. 그와 동시에 그녀의 신형이 한줄기 빛으로 화하면서 쇄도했다.

그녀가 향하는 곳은 멀찍이서 제압하는 과정을 지켜보려 던 히드로 2세가 있는 곳이다.

"……!"

"폐하!"

하브리스 공작의 외침이 터져 나왔고, 동시에 정령화가 이루어지면서 붉은 불꽃이 허공을 뒤덮었다.

그러나 그보다 로즈의 신형이 히드로 2세 앞에 도달하는 것이 더 빨랐다. 바로 앞에 생성된 로즈의 얼굴을 보는 순간 히드로 2세는 압도적인 아름다움에 숨이 막히는 것을 느꼈다.

슈악!

뒤이어 강렬한 열기가 느껴지면서 로즈의 신형을 뒤덮는 걸 느껴졌다. 히드로 2세 뒤에 있던 근위기사가 그의 몸을 안고 물러났고, 붉은 불꽃이 로즈를 강타하며 그대로 불태워 버렸다.

"안 돼!"

로즈의 몸이 불타는 것을 본 히드로 2세의 입에서 비명이
터져 나왔다. 하지만 그녀의 몸이 불꽃에 휩싸이는 순간 연기
처럼 흩어지는 걸 보며 눈을 부릅떴다.

지면에 착지한 그는 어느덧 형체를 갖춘 하브리스 공작을
재촉했다.

"어떻게, 어떻게 된 겁니까?"

"…죄송합니다, 폐하. 로즈 공녀는 폐하를 습격하는 것처
럼 꾸민 뒤 도주했습니다."

"어서, 어서 쫓으십시오! 반드시 붙잡아야 합니다! 반드시!
무슨 일이 있더라도!"

"죄송합니다, 폐하. 이미 종적을 감췄기에 쫓더라도 따라
잡는 것은 어렵습니다."

"안 되는 일이 무엇이 있단 말입니까. 무슨 일이 있더라도
따라 잡으세요. 이견은 허용하지 않습니다. 반드시, 반드시
짐의 앞에 데려오십시오!"

"……."

히드로 2세가 방방 날뛰었지만 하브리스 공작은 고개를 숙
인 채 아무 말도 하지 않았다.

그것이 항명임을 알았지만 그가 나서지 않으면 할 수 있는

일은 아무도 없었다.

　머리는 알고 있지만 가슴은 그렇질 못했다. 멀리 떠나 버린 로즈를 원망하면서 히드로 2세는 그대로 몸이 무너졌다.

　근위기사들이 모두 철수한 뒤. 황도 밖으로 도주했을 거라 생각되던 로즈는 어둠에 물든 지붕 위로 모습을 드러냈다. 황궁 방향으로 사라지는 근위기사단에 시선을 떼지 못하는 그녀의 머릿속으로 율리아의 웃음소리가 울려 퍼졌다.

　[후후, 제법 고전을 한 것 같은걸요?]

　"제국의 저력이란 것이 가볍지 않다는 걸 알 수 있었어."

　[확실히 대단했어요. 정령의 힘을 전수받은 지 얼마 되지 않았는데 그 정도일 줄은.]

　"그리고 확실히 깨달았어. 아버지는 나한테 전력을 다하지 않은 거였어."

　[그걸 이제 알았나요? 로즈처럼 사랑스러운 딸에게 전력을 다하는 것만큼 우스운 것도 없죠.]

　"난 그것도 모르고 내 성취가 높아졌다고 좋아했어. 참 우습네."

　카본 대공은 자신을 얼마나 어린아이로 보았을까.

　자존심이 상하면서 한편으로는 감사한 마음이 교차하는, 여러 가지 감정이 들었다.

[그것이 아버지의 마음이랍니다. 아마 실력적인 측면에서는 확실하게 차이가 있었어요. 그럼에도 왜 약한 모습을 보였는지 아나요?]

"모르겠어."

[바로 로즈를 사랑하기 때문이지요. 그렇기 때문에 아무런 해도 입히지 못한 거랍니다. 아마 살기를 갖고 했으면 한 수에 제압하는 일은 발생하지 않았을걸요?]

"어렵네."

[어렵죠, 그래서 더 대단하다는 거랍니다. 이후에 발생하는 모든 후폭풍을 감당해야 할 테니 말이죠.]

"…아버지에게는 면목이 없어. 그래도 난 포기하지 않아. 내가 가고자 하는 길을 저버린다는 것은 내 존재를 거부하는 거니까."

[후후, 저도 로즈가 사랑을 쟁취하길 기도하겠어요.]

"고마워."

근위기사들의 종적이 완전히 사라진 것을 확인한 로즈는 황도의 성벽을 넘었다. 그리고 남쪽을 향해 빠른 속도로 움직였다.

율리아는 방금 전 대결에서 보여준 로즈의 무위에 감탄했다.

실전 경험이 많지 않아서 지닌 힘을 제대로 활용할 줄 모른

다고 여겼는데, 오늘 근위기사들과의 충돌에서 보여준 무위
는 상상 이상이었다.

[…이 정도로 빠르게 성취를 이룰 줄은 몰랐는데, 확실히
의외네요. 사랑에 빠진 여인은 이렇게 강해질 수밖에 없는 건
가요? 흥미롭네요. 흥미로워. 그래서 더 좋아요. 더 강해질수
록 내가 얻는 것도 커질 테니까.]

의미를 알 수 없는 중얼거림을 들을 수 있는 이는 아무도
없었다.

제5장
궁지에 몰린 쥐는 고양이를 문다

헤수스 남작의 합류는 로운 후작가에 새로운 활기를 불어다 넣어주었다.

경험이 풍부하고, 그 지략이 검증된 그의 존재는 그동안 일에 치여 살던 책사들에게 있어 가뭄의 단비와도 같았다.

티엘에게 권한을 위임받아 이미 각자 움직이고 있는 그들은 자신의 전략과 맞물려 영지의 군사적인 일까지 처리하면서 과부하가 걸리고 있는 실정이었다.

그런 상황에서 홀로 칼헤린 지방 전체의 군을 움직이던 헤수스 남작의 능력은 바로 발휘될 수 있었다.

그는 자신에게 쌓인 보고서를 일주일 만에 모두 독파했다. 그리고 로운 후작가에서 군을 운용하는 방법에 고개를 절레절레 저었다.

"로운 후작가가 강하다는 건 알았지만 이 정도로 부실할 줄은 몰랐습니다."

"어쩔 수 없습니다. 그렇게 하지 않으면 방대한 영토를 방비할 수 없었습니다."

"그래도 이건……."

뭐라 말을 하려던 헤수스 남작은 한숨을 푹 내쉬었다. 영지의 사정이 이해가 되면서 한편으로는 이렇게 실속이 없을 줄은 몰랐던 것이다.

로운 후작가의 영토는 방대하다.

그야말로 한 왕국이라고 해도 부족함이 없을 정도다.

그 크기만 비교하면 북부를 통일한 윈스터 후작가보다 클 정도였는데, 헤인조와 아이주, 노이안 지방까지 모두 다른 곳보다 크기가 크다.

여기에 셰어드 요새까지, 웬만한 왕국보다 큰 크기라고 봐도 무방했다.

그에 반해 인구 숫자는 너무 적었다.

제국은 전형적으로 북부에 인구가 밀집된 구조였고, 정복지에 해당하는 남부 지방은 인구를 강제로 북쪽에 이주시켰기에 공백지가 많았다.

그런 상황에서 연달아 영토를 차지했으니 방어할 수 있는 병사의 숫자가 부족할 수밖에 없었다.

보는 군을 통원하면 오십만까지 동원 가능한 인스터 후작가와 달리 로운 후작가는 이십만이 고작인 상황이었다.

"다 주군의 위명으로 버텨내는 것입니다."

웃으며 대답하는 토릭슨을 보며 헤수스 남작은 바로 반론을 펼쳤다.

"허점을 발견하면 바로 파고들 것입니다."

"당연합니다. 하지만 누가 그럴 수 있을까요? 이미 망가진 위클린 공작? 아니면 방어에 급급한 레디븐 백작? 그것도 아니면 너무 멀어서 닿을 수 없는 윈스터 후작? 주군을 끌어들이려고 하는 황제 폐하? 모두 불가능한 일 아닙니까."

"……."

신랄한 그의 말에 헤수스 남작은 할 말을 잃었다.

틀린 부분이 없었다.

현재 로운 후작가를 적대하려는 세력은 아무도 없었다.

그것은 군사력이 압도적이어서가 아니다.

티엘의 압도적인 무위가 주변 세력으로 하여금 어떠한 위협도 가할 수 없게 만든 것이다.

무슨 말이 더 필요할까.

"하지만 이 문제는 나중에 불거질 것입니다."

"그래서 인구를 증가시키는 데 노력을 기울이고 있습니다. 주군이 건재한 이상, 세심한 관리가 이루어진다면 두 세대가 넘어가기 이전에 극복이 될 거라 여겨집니다."

먼 미래를 보고 하는 말이었지만 누구도 그것을 부인할 수 없었다.

당장 로운 후작가의 영광은 티엘 혼자로 지탱되는 것이나 다를 바가 없었으니까.

"……."

인구 증가에 대해서 여러 가지 대화를 나누는 그들의 모습이 생소하게만 느껴졌다.

자신이 위클린 공작을 보좌할 때는 오로지 주어진 범위 안에서만 전략 전술을 구사했어야만 했다. 그 외에는 관심도 가지면 안 될 만큼 모든 권력은 위클린 공작에게 집중되어 있었다.

하지만 지금 보이는 광경은 그것과 판이하게 달랐다.

마치 모든 결정권이 자신들에게 있는 것마냥, 그들은 자유롭게 대화를 나누고 있었다.

그러던 중, 아까 했던 행동이 못내 마음에 걸렸던 토릭슨이 헤수스 남작에게 사과했다.

"아까 전에는 날카롭게 말을 해서 죄송합니다. 요즘 추진하는 일로 인해 날이 서 있다 보니 순간 욱한 면이 있었습니다."

"괜찮습니다."

"이런 분위기가 익숙하지 않을 것입니다. 안 그렇습니까?"

"솔직히 그렇습니다."

"아마 더 적응이 안 될 수도 있을 것입니다."

"무슨……."

"아마 주군과 함께하는 회의를 하면 알게 될 겁니다."

그때까지 싱긋 웃는 토릭슨의 표정을 이해하지 못한 헤수스 남작이었다.

하지만 그것도 사흘 후에 있던 군사부 회의에서 모두 깨달을 수 있었다.

클리멘트 남작은 추후 위클린 공작가와의 관계와 아스트롱 공작가의 움직임에 대해 보고했다. 그리고 그들과 연계하여 새롭게 움직이는 방안에 대해 설명하기 무섭게, 티엘이 대답했다.

"알아서 하도록."

"예!"

"……."

전부 다 듣지 않고 수락하는 그였다. 클리멘트 남작은 익숙한 듯 고개를 숙이며 예를 취했지만 헤수스 남작은 이해가 되지 않는 표정으로 그를 바라보았다.

"무슨 문제라도 있나?"

"아, 아닙니다. 아직 적응하는 중이라……."

"그렇군, 다음."

티엘의 말에 제이론이 일어나서 보고했다. 그는 아이주 지방과 노이안 지방을 안정시키고, 보다 강력한 지배 구조를 만들기 위해 계책을 설명했다.

"알아서 하도록."

이번에도 클리멘트 남작과 동일한 대답이 나왔다. 제이론도 익숙한 듯 고개를 숙여보였지만 이해가 되지 않던 헤수스 남작은 고개를 저을 뿐이었다.

마지막 보고자는 토릭슨이었다.

말을 꺼내기 전, 잠시 머뭇거린 그는 이내 결심을 굳힌 듯 큰 목소리로 외쳤다.

"주군, 이번에 제가 큰일을 벌였습니다."

"무슨 일이지?"

"북쪽에서 벌어지는 윈스터 후작가와 레디븐 백작가의 전쟁에 개입했습니다."

각자 개별적으로 전략 전술을 추진하는 것은 어제 오늘 일이 아니었기에 흠이 될 이유가 없었다. 하지만 그가 말한다

면 분명히 사안이 가볍지 않을 터, 고개를 갸웃거린 티엘이
물었다.

"어떤 식으로 개입했지?"

"그리니꼐 ……."

말끝을 흐리던 토릭슨의 설명이 본격적으로 시작되었다.

적당하게 개입해서 이득을 취하겠거니 싶었지만 이어지는
설명을 들을수록 책사들의 눈이 경악으로 부릅뜨고 있었다.

특히 상상도 하지 못할 거대한 일을 벌인 토릭슨의 행동에
헤수스 남작은 벌어지는 입을 다물 수 없었다.

'미쳤군, 어떻게 이렇게 큰일을 혼자서 추진할 수 있단 말
인가.'

위클린 공작이었다면 사단이 벌어져도 벌써 벌어졌을 것
이다. 그만큼 토릭슨이 벌인 일은 일반 사람의 상상과 궤를
달리했다.

이번에 벌어지는 윈스터 후작과 레디븐 백작의 전쟁은 윈
스터 후작의 일방적인 우세였다.

군세만 해도 세 배 이상 차이가 났으며, 풍부한 물자를 바
탕으로 여러 차례 전쟁을 거쳐 온 경험에서도 밀리지 않았다.
제아무리 전략이 뛰어나도 전쟁의 결과는 이미 난 것이나 다
를 바 없었다.

하지만 토릭슨은 한 가지 패로 모든 것을 뒤집어 버리고자

했다.

"세력이 줄이든 레디븐 백작은 너 이상 주군의 위협이 될 수 없습니다. 이번에 윈스터 후작과 전쟁을 벌이면서 그 세력은 더욱 줄어들 것입니다. 하지만 윈스터 후작이 승리하게 되면 북부에 이어 동부까지 손에 넣게 됩니다. 그렇게 되면 노이안 지방의 수성도 번거로워집니다."

토릭슨이 전쟁의 균형을 맞추고자 한 이유, 그것은 레디븐 백작의 완충지대 역할이었다.

그럴듯한 말에 모두 동감했다.

방어가 어려운 노이안 지방의 성격상 레디븐 백작이 세이주 지방에서 윈스터 후작의 진군을 막아주는 것이 이상적이었다.

"저는 이번 전쟁에서 윈스터 후작을 암살하려고 합니다."

"암살?"

"예, 윈스터 후작이 죽으면 제국 북부는 둘로 갈라질 것입니다. 서로 어머니가 다른 윈스터 후작의 아들들은 원수보다 더 치열하게 세력을 다툴 것이고, 제국 북부는 다시 혼란에 빠질 것입니다."

토릭슨이 그리는 그림은 제국 북부의 혼란이었고, 레디븐 백작의 일방적인 수성이었다.

작게 쪼개진 그들은 로운 후작가의 위협이 되지 못한다. 그것이 토릭슨이 그린 이상적인 그림이었다.

문제는 윈스터 후작을 어떻게 암살하느냐였다.

그림을 그리는 것은 쉬우나, 그것을 현실로 투영하는 것은 어렵다. 북부의 뛰어난 기사들이 철통같이 호위하고 있는 그를 무슨 수로 암살한단 말인가.

헤수스 남작과 같은 생각인지 클리멘트 남작과 제이론이 의아함이 담긴 시선으로 토릭슨을 바라보았다. 그것을 느낀 그는 입가에 미소를 지으며 당당하게 말했다.

"저는 윈스터 후작을 암살하기 위한 최강의 검사를 보냈습니다."

"…클레디오 백작이로군."

말의 핵심을 간파한 티엘이 대답하자, 토릭슨이 고개를 끄덕였다.

"예, 그렇습니다."

"순순히 받아들이던가?"

자존심이 하늘보다 높은 클레디오 백작은 결코 남의 말에 움직이는 인물이 아니었다.

그것은 티엘이라고 해도 마찬가지였다. 자신의 구미가 당겨야만 움직이는 그를 토릭슨이 움직였다는 것이 쉬이 납득하기 힘들었다.

"물론 저도 설득하는 것이 힘들었습니다. 하지만 얼마 전 클레디오 백작님이 성취를 얻었다는 것에서 힌트를 얻었습니다."

"힌트?"

"바로 그 힘을 시험해 볼 대상입니다."

"재미있군. 그 자극에 임했군."

"예!"

근래 들어 클레디오 백작은 커다란 성취를 이루었고, 그것을 활용하고자 하는 욕망이 가득했다.

토릭슨은 그것을 시기적절하게 자극한 것에 지나지 않았다.

힘을 사용하고 싶어 좀이 쑤시던 클레디오 백작은 그 제안을 받아들였다.

제국 북부의 역사를 바꿀 만한 사안이었다.

"나쁘지 않군. 귀찮은 적을 치워 버리는 건 이상적인 형태다."

"클레디오 백작님이면 성공할 거라 믿었습니다."

"절대강자 중에서도 나를 제외하면 당할 자는 없을 것이다. 아마 윈스터 후작의 운명도 거기까지겠지."

담담하게 말을 하지만 이것은 제국 북부 맹주의 운명을 좌지우지하는 것이었다.

"……"

머나먼 남부 지방에서 그들의 운명을 결정짓는 담담한 대화에 혜수스 남작은 그동안 자신이 얼마나 부질없이 몸부림쳤는지 깨달을 수 있었다.

'위클린 공격도… 무리겠고.'

한 번 꺾인 뒤, 블레임 왕국과 전투를 벌이는 위클린 공작은 두 번 다시 로운 후작가를 넘보지 못하게 될 것이다.

그가 상념에 빠진 사이, 토릭슨이 그려놓은 그림을 모두 파악한 티엘은 가볍게 고개를 끄덕인 뒤 간단명료하게 대답했다.

"알아서 하도록."

"예, 주군!"

예를 취한 그가 힘찬 목소리로 대답했다.

레디븐 백작의 암살 시도 때문인지 윈스터 후작군은 매일 강력한 맹공을 연이어 퍼부었다.

철저하게 수성에 임하는 레디븐 백작군은 잘 견뎌내고 있었지만 각종 공성무기와 교대를 통해 공격을 퍼붓는 윈스터 후작군의 공세로 피곤에 절어 있었다.

하지만 레디븐 백작군 수뇌부에서는 누구도 패배를 예상치 않았다.

그 이유는 레디븐 백작 맞은편에 앉은 절대강자의 존재 때문이다.

"부탁드리겠습니다."

"내 힘을 시험해 보고 싶었을 뿐이니 고마워할 필요는 없다."

"그래도 빛을 진 것은 분명합니다."

"좋을 대로 생각하도록. 어차피 내가 할 것은 윈스터 후작의 목을 취하는 것뿐이니까."

적 수장의 목을 아무렇지 않게 취한다는 말을 하지만 누구도 이견을 제시하지 않았다.

그는 제국 최강의 절대강자이기 때문이다.

수만의 적을 앞에 두고도 압도하는 제국 최강의 검사, 클레디오 백작.

그가 있음으로 인해 레디븐 백작은 절체절명인 지금 상황에서도 패배할 것 같지가 않았다.

"시기는 언제로 생각하고 있습니까?"

"암살을 위해서는 밤이 좋겠지. 낮에는 태양빛이 따가우니까."

레디븐 백작의 물음에 클레디오 백작은 전혀 다른 말을 꺼냈다.

무슨 의도인지 몰라 어리둥절한 표정을 지었지만 그다음 말에 그의 표정이 환해졌다.

"오늘 밤, 윈스터 후작을 칠 것이다. 목을 들고 올 테니 준비를 하도록."

"목이 빠지도록 기다리겠습니다."

강하게 대답하는 그의 모습에 클래디오 백작은 느릿하게 고개를 끄덕였다.

연일 공격을 퍼붓는 윈스터 후작군은 깊은 밤임에도 낮처럼 환하게 밝혀져 있었다.

치열한 전투가 연이어 이어졌지만 경계를 서고 있는 병사의 반듯한 자세를 보면 군기가 얼마나 잘 잡혀 있는지 알 수 있다.

하지만 그곳으로 접근하는 이에게는 그다지 중요하지 않았다.

얼마 전 얻은 깨달음이 얼마나 대단한지 시험해 볼 생각만이 머릿속에 가득했다.

저벅저벅.

묵직한 발걸음 소리가 주변에 울려 퍼졌다. 경계를 선 병사들은 어둠 사이로 한 인영이 걸어오는 것을 확인하고 창을 겨눴다. 그리고 적아를 구분하기 위해 신분을 물었다.

"누구냐!"

"멈춰……!"

서걱!

그들의 말은 끝을 맺지 못했다. 어느새 지척에 다가온 클레디오 백작이 검을 휘두르자, 세 명의 목이 그대로 허공에 떠오른 것이다.

자욱하게 뿜어지는 피분수가 시작을 알리듯, 주변이 일제히 비상 경종 소리로 뒤덮였다.

땡땡땡!

"적이다! 적이다!"

"남쪽에서 적이 등장했다!"

"숫자는 하나! 숫자는 하나다!"

그와 동시에 병사들이 우르르 운집하기 시작했다. 그 광경을 바라보던 클레디오 백작은 입꼬리를 말아 올렸다.

"오랜만에 보는 손맛이로군."

화살비가 쏟아지는 것을 본 그는 커다랗게 검을 휘둘렀다. 거대한 궤적을 그리는 검에서 푸른 오러가 뿜어지며 주변 일대를 휩쓸기 시작했다.

마치 폭풍처럼 쇄도한 오러는 그대로 윈스터 후작군 진영의 목책을 강타했다.

꽈과과광!

"으악!"

"끄아아!"

목책에 깔린 병사들의 비명 소리가 사방을 뒤흔들었다. 클레디오 백작은 앞으로 걸음을 옮기면서 화살을 튕겨내고, 연신 검을 휘둘렀다.

푸른 오리기 주변을 휩쓸면 어지없이 비명 소리가 터져 나왔다.

순식간에 수백 명의 병사가 당하자, 기사들이 우르르 쏟아져 나왔다.

그들은 포위망을 구성하고 클레디오 백작을 상대하려고 했지만 그는 인내심이 많은 인물이 아니었다.

"잔챙이들을 상대하기 귀찮은데."

귀찮게 주변에서 얼쩡거리는 기사들을 향해 미간을 찌푸린 뒤 검을 휘둘렀다.

"헉!"

"피, 피해라!"

감히 상대할 수 없는 거대한 오러 블레이드를 보고 기사들이 몸을 날리려고 했다.

그때, 클레디오 백작의 입꼬리가 말려 올라갔다.

"어딜."

콰콰! 콰콰콰콰!

동시에 터져 나오는 강렬한 기세. 주변 공간을 뒤덮는 순간 도망치려던 기사들의 몸이 움찔거리더니 그대로 멈춰 섰다.

클레디오 백작이 발산한 기세가 그들의 마나를 옭아매며 움직임마저 간섭한 것이다.

몸의 자유를 빼앗긴 기사들의 얼굴이 창백하게 바뀌었다.

"아, 안……."

콰드득!

비명도 지를 틈 없이 오러에 휘말린 기사들은 육편이 되어 죽음을 맞이했다.

기사마저 대항하지 못하는 절대적인 존재에 병사들은 비명을 지르며 사방에 흩어졌다.

"도, 도망쳐!"

"괴물이다!"

그들과 달리 기사들은 거리를 유지하며 클레디오 백작을 상대하려고 했지만 역부족이었다.

"대, 대체 누구야."

압도적인 무위에 기사들은 자신의 무력함을 저주하면서 클레디오 백작의 정체에 의문을 가졌다. 그리고 얼굴을 드러낸 채 당당하게 검을 휘두르는 그의 얼굴을 알아본 어떤 기사가 외쳤다.

"클레디오 백작! 클레디오 백작이다!"

"절대강자? 절대강자가 왜!"

"안 돼! 상대할 수 없어. 끄아악!"

자리를 버티고 있던 기사들도 상대가 클레디오 백작이라는 사실에 슬금슬금 뒷걸음질을 쳤다.

마왕을 상대로 대결을 벌였던 그의 존재감은 그들조차도 견뎌낼 수 없는 것이었다.

클레디오 백작은 도망치는 기사들을 일일이 뒤쫓지 않았다. 그저 앞을 가로막는 자들을 베어버리면서 목표를 향해 걸어갔다.

"…저기로군."

느릿하게 걸음을 옮기던 그의 눈이 어느 순간 예리하게 빛났다.

윈스터 후작이 머물고 있는 막사로 짐작되는 걸 발견한 것이다. 상황의 변화를 들은 것인지 안에 기척이 감지되지는 않았다.

히히히힝!

클레디오 백작이 막사에 접근하려고 하자 세 무리가 각기 동쪽, 서쪽, 북쪽으로 흩어졌다. 그 모습을 지켜보던 클레디오 백작은 입꼬리를 말아 올렸다.

"허튼 수작."

말 그대로 허튼 수작이다.

어디로 도망치더라도 절대강자의 이목을 피할 수 없는 법.

호화로운 마차가 움직이는 것을 우두커니 지켜보던 그의

몸이 별안간 흐릿해지며 한 곳으로 쇄도했다.

파앗!

그가 향한 곳은 북쪽도, 서쪽도, 동쪽도 아니었다. 가장 큰 막사에서 북동쪽에 위치한 간부의 막사였다.

검을 휘두르는 순간, 거대한 오러가 생성되며 단숨에 막사를 갈라왔다.

"막아라!"

어딘가에서 터져 나온 외침과 함께 기사 세 명이 검격을 막아나갔다. 하지만 클레디오 백작의 공격을 받아내는 순간, 처참한 광경이 벌어졌다.

콰득! 콰드득!

기운에 휩쓸린 기사들의 몸이 육편이 되어 사방으로 흩어졌다. 그리고 여전히 건재한 오러는 그대로 막사를 휩쓸었다.

콰과광!

무시무시한 폭음이 울려 퍼지면서 막사는 그대로 부서졌다. 그리고 안의 광경이 모습을 드러냈다.

"여기 있었군."

입꼬리를 말아 올린 클레디오 백작이 섬뜩한 웃음을 지어 보였다.

"……."

절대강자를 앞에 둔 윈스터 후작의 표정은 예상과 달리 평온했다.

그는 낮게 가라앉은 눈으로 클레디오 백작을 주시하며 입을 열었다.

"로운 후작에게 의탁한 그대가 이곳에 올 줄은 몰랐군."

"오랜만에 피 맛을 보고 싶어서 말이야. 제국 최고의 명문가라 칭하는 겁쟁이의 피를."

"…겁쟁이라, 그런 말을 듣게 될 줄 몰랐군. 자부심도 잊고 로운 후작 밑으로 들어간 그대가."

"좋을 대로 말해라. 세간의 시선 따위는 신경 쓰지 않으니까. 그나저나, 이렇게 시간을 끈다고 해도 다른 방법이 생겨날 거라 생각하나?"

"그럴 리 없겠지. 하지만, 제국은 그대가 생각하는 것보다 넓지."

"무슨 말을 하고 싶은 거냐?"

"그대를 대신할 수 있는 인재들이 넘쳐날 만큼 제국은 대단하다는 뜻이지."

입꼬리를 말아 올리며 웃은 윈스터 후작이 돌연 목소리를 높여 외쳤다.

"칼로프 자작!"

"하명하십시오."

우렁찬 목소리로 외친 것은 뒤에 시립해 있던 중년의 기사였다. 각진 그의 얼굴 가득 묻어나오는 강직함은 충성의 상징처럼 보였다.

"이제 그대의 힘을 세상에 드러낼 시간이다."

"명을 받들겠습니다."

콰콰콰콰!

앞으로 나선 칼로프 자작의 눈이 날카롭게 빛나며 동시에 강력한 기세가 사방으로 퍼져 나갔다.

"절대강자로군."

"한 번쯤 겨뤄보고 싶었다, 클레디오 백작. 오늘 이 자리에 온 것을 후회하게 될 것이다."

"후회라……."

말끝을 흐린 그는 힐끗 주변을 살폈다. 그러자 전보다 더 여유가 깃든 눈으로 바라보는 윈스터 후작의 시선이 느껴졌다.

"내가 후회를 하는 건 딱 하나다."

"……?"

"바로 그 녀석에게 걸려든 거겠지. 그것만 아니었으면 이렇게 열등감에 휩싸일 이유도, 검을 위해 모든 걸 버리지도 않았을 터."

알 수 없는 말을 중얼거린 클레디오 백작의 기세가 흉흉하게 버려지더니, 이내 정제되지 않은 흉폭한 기운이 사방에 뻗어 나갔다.

그것은 드래곤의 힘에서 비롯된 피어였다.

<del>카우우우!</del>

"크, 크으으!"

"이건?"

주변 전체를 뒤흔드는 기세를 접하기 무섭게, 기사들의 몸이 흔들렸다. 동시에 주변 공기가 묵직하게 가라앉더니, 모든 이의 전신을 짓눌렀다.

"어디, 애송이 절대강자의 힘을 견식할까."

"큭!"

이미 기세에서부터 밀리고 들어간 칼로프 자작은 쉽지 않다는 것을 느꼈다. 자칫 잘못하다가는 이도저도 해보지 못할 수 있다는 생각이 들자, 은밀하게 손짓을 한 뒤 검을 뽑아 들었다. 그리고 기습처럼 달려들면서 웅혼한 오러를 전력으로 발출했다.

쾅! 콰광! 콰과과광!

순식간에 뽑어진 오러 다발은 클레디오 백작의 주변을 휩쓸었다. 자리에 우두커니 선 채 공격을 허용한 그를 보던 윈스터 후작의 표정이 밝아졌다.

"피하십시오, 주군."

"방금 공격이 성공하지 않았나?"

"오래 버티지 못힐 수도 있습니다."

"그게 무슨……."

당황한 윈스터 후작이 입을 열려고 했지만 말을 이을 수 없었다. 오러가 강타한 자리에서 음산한 웃음소리가 터져 나온 것이다.

"재미있군, 이 정도란 말이지. 내가 이 정도 수준에서 그렇게 자만하고 있었군. 크크크!"

칼로프 자작의 무위를 보면 절대강자라는 것에 손색이 없을 정도였다.

하지만 지금 당장 클레디오 백작에게는 너무나 부족한 점이 많아 보였다.

고작 이 수준으로 자만했다고?

당시 티엘이 자신을 어떤 눈으로 봤을지 생각만 해도 모욕감이 느껴졌다.

이 정도로 만족한 자신이 한심했고, 절대강자가 별 볼 일 없는 녀석들에게 얼마나 쓸데없는 자부심을 심어주는지 깨달았다.

"흡!"

날카로운 살의가 자신을 덮쳐오는 걸 느낀 칼로프 자작이 짧게 숨을 들이켰다.

그리고 눈앞의 상대에게 집중하고자 했지만 그 기세는 점점 크기를 키워 나가고 있었다.

"죽어라."

"넙세 되지는 않을 짓이디!"

고함과 함께 뛰어오른 칼로프 자작이 벼락처럼 검을 휘둘렀다.

거대한 벼락처럼 크기를 키워 나간 오러는 단숨에 클레디오 백작을 쪼갤 듯했다. 그가 일생의 마나를 불어 넣은 공격이었다.

그러나 어느 순간 그의 몸이 허공에 고정되는가 싶더니 검에 서린 힘이 그대로 허공에 흩어졌다. 그와 동시에 날카로운 힘이 그의 전신을 스치고 지나갔다.

"이, 이건……."

칼로프 자작의 눈이 거세게 떨렸다.

클레디오 백작은 무감정한 눈으로 그를 바라보며 말했다.

"너 같은 녀석에게 말해줘 봤자 이해하는 일은 없을 것이다."

"끄, 끝까지 이런 모욕감을……."

말끝을 흐린 칼로프 자작의 눈에 분노가 이글거렸지만 이내 그 빛은 사라졌다. 그리고 웅혼한 마나로 지탱하던 몸이 두 동강 나며 자욱한 피분수를 뿜어냈다.

"도망치는가."

처참한 주검으로 뒹군 칼로프 자작을 지나친 클레디오 백작은 공간 이동을 시도하려는 윈스터 후작을 보며 피식 웃음을 지었다.

이제는 찾아보기 힘든 텔레포트 스크롤이라니. 확실히 제국 북부의 맹주라고 불릴 만한 비장의 수단이 아닐 수 없었다.

하지만 오늘 그는 상대를 잘못 만나도 한참 잘못 만났다.

마법은 시전할 수 없어도 드래곤의 힘을 그대로 이어받은 자신에게 마법은 천적과도 같다.

가볍게 힘을 일으켜 텔레포트 스크롤의 마법 행사에 간섭하자, 윈스터 후작의 전신을 휘감던 빛이 거짓말처럼 사라졌다.

"이, 이게 무슨……."

"말 그대로다. 상대를 잘못 만난 거지."

사형선고처럼 떨어지는 그의 말에 윈스터 후작은 양 어깨를 늘어뜨렸다. 칼로프 자작이라면 막을 수 있을 거라 생각한 자신의 오산이었다.

그동안 북부의 맹주로 군림하면서 감이 무뎌진 것이 지금의 순간을 만들었다.

"…이렇게 되는군. 모든 것은 레디븐 백작 녀석의 뜻대로

인가."

"그냥 변덕이다."

서걱!

끝끼지 의미를 부어히려는 행태에 짜증이 치민 클레디오 백작은 검을 휘둘러 목을 베어버렸다. 자신의 죽음을 자각조차 못하는 그의 얼굴을 보면 나름대로 편안한 죽음을 선사한 것이라.

한 걸음 성큼 앞으로 나아가 떨어진 윈스터 후작의 목을 잡아서 들어 올리자, 주변에서 절규가 터져 나왔다.

"으아아아아!"

"후작 각하!"

"죽어라!"

기사나 병사를 가리지 않고 눈이 뒤집힌 그들은 검을 휘두르며 달려들었다.

"좋은 의지다."

그리고 주변에 죽음이 내렸다.

윈스터 후작군 진영에 일어난 소란은 차츰 가라앉기 시작했다.

"……."

그 광경을 주시하는 레디븐 백작의 속은 편안할 리 없었다.

클레디오 백작이 어느 정도로 해주느냐에 따라 자신의 운명이 결정된다.

누군가에게 자신의 운명을 맡긴다는 사실은 결코 유쾌하지 않았다. 하지만 지금은 믿을 사람이 그밖에 없는 것이 분명한 사실이었다.

"언제부터 내 운명이 이렇게 되었는지 모르겠군."

"주군……."

"클레디오 백작이 어느 정도 해줄 거라 여기나?"

"그는 제국 최강의 검사입니다. 로운 후작을 제외하면 누구도 적수가 될 수 없을 것입니다."

"설사 상대 진영에 절대강자가 있다고 해도 말이지?"

"그렇더라도 충분히 적진에 커다란 혼란을 안겨다 줄 수 있을 것입니다. 그다음이 로운 후작의 분노라고 한들 사용할 수 있는 수단은 모두 사용했습니다."

"그렇군, 살아남기 위한 발악이라, 아주 처절한 발악이 아닐 수 없군."

제국 최대 권력자에서 이제는 생사를 걱정해야 하는 입장이라, 참으로 기구한 운명이 아닐 수 없었다.

자조 섞인 그의 목소리에 제이안은 고개를 깊이 숙였다.

"모두 저희가 무능한 탓입니다."

"그럼 무능한 그대들을 거느린 내가 제일 무능한 놈이 되겠군."

"그런 뜻이 아닙니다."

"나 또한 그대들을 탓하는 것이 아니다."

윈스터 후작군 진영을 주시하던 레디븐 백작이 눈이 빛났다. 조금씩 가라앉던 소란은 조금 전부터 완전히 사라진 것이다.

"결과는 어떻게 되었지? 지금 시간에 조용해졌다는 건 둘 중 하나일 텐데."

"아무래도… 클레디오 백작의 전사일 가능성이 높습니다."

원래 예상했던 것보다 훨씬 빠른 시간에 상황이 종료되자, 제이안은 클레디오 백작이 윈스터 후작군 진영에서 장렬하게 산화한 것으로 판단했다.

그 순간, 묵직한 음성이 그들의 귀를 흔들었다.

"안타깝지만 그런 일은 벌어지지 않았군."

"누구……?"

흠칫하며 레디븐 백작이 뒤로 물러났고, 조금 떨어진 거리에서 호위를 서고 있던 기사들이 빠르게 다가왔다. 그보다 목소리의 주인공이 모습을 드러내는 것이 더 빨랐다.

툭!

그는 손에 들고 있던 것을 레디븐 백작 앞으로 던지며 말했다.

"약속했던 윈스터 후작의 목이냐."

"……."

어둠 속에서 선명히 드러난 친구의 얼굴을 보고 레디븐 백작은 침묵했다.

그것은 틀림없는 윈스터 후작의 얼굴이었다. 언제 죽었는지 알 수 없을 만큼 그의 표정은 평온하게 풀려 있었다.

"약속은 지켰다."

"이렇게 빠르게 일을 진행할 줄은……."

"그다지 어렵지 않더군. 내가 새로 깨달은 힘을 활용할 겨를도 없었고."

클레디오 백작의 얼굴에는 지루함이 가득했다. 그 이면에 스며든 날카로운 살의를 감지하고 레디븐 백작의 얼굴에 긴장이 감돌았다.

이십만 대군이 호위하고 있던 진영을 대놓고 쳐들어가서 목을 베어버린 인물이니 어떻게 대해야 할지 머릿속이 복잡해졌다.

"그럼 약속한 대가는?"

"받고 떠나겠다."

"알겠소."

고개를 끄덕인 레디븐 백작은 한 차례 심호흡을 한 뒤 수하들에게 윈스터 후작의 목을 수습하라고 명령했다.

"그럼 난 쉬지. 내일 곧장 떠날 것이다."

"그러시오."

레디븐 백작의 대답조차 듣지 않고 클레디오 백작은 그대로 자취를 감추었다.

"……."

"주군."

"이렇게 대단할 줄 몰랐군. 한 사람의 무위가 이십만을 압도한다는 건가? 병사의 숫자에 겁을 먹고 소극적으로 임하던 내 자신이 한심하군. 정말 한심해."

"주군의 탓이 아닙니다. 단지 클레디오 백작이 조금 비정상적일 뿐입니다."

"그럴 테지. 비정상적인 거겠지. 그렇지 않으면 이 정도 무위를 발휘한다는 것은 불가능한 일일 테니까. 그럴 테지, 그렇고말고."

넋이 나간 표정으로 중얼거리는 레디븐 백작의 표정은 결코 정상처럼 보이지 않았다.

알 수 없는 불길함을 느낀 제이안이 그를 바라보았지만 아무런 대꾸도 없이 혼자만의 세계에 빠져 있던 레디븐 백작이 돌연 질문을 던졌다.

"비정상에는 비정상으로 맞서야겠지."

"예?"

"아니, 아무것도 아니다. 윈스터 후작이 죽었으니 본래 계책대로 움직이겠다."

"명을 받듭니다."

고개를 숙이며 물러나는 제이안이었다. 그 모습을 물끄러미 바라보던 레디븐 백작은 방금 전 윈스터 후작의 목이 뒹굴던 곳에 시선을 고정했다.

희미하게 묻어나오는 혈향은 잔뜩 고조된 그의 위기감을 부채질하고 있었다.

"비정상에는 비정상으로 상대를 해야겠지. 그렇게 하지 않으면 도태될 테니까. 날 지키기 위해서라도, 적을 상대하기 위해서라도 그렇게 해야 한다."

그의 중얼거림은 가히 맹신과도 같았다.

윈스터 후작의 죽음은 제국의 복잡한 정세를 또 다른 국면으로 밀어 넣었다.

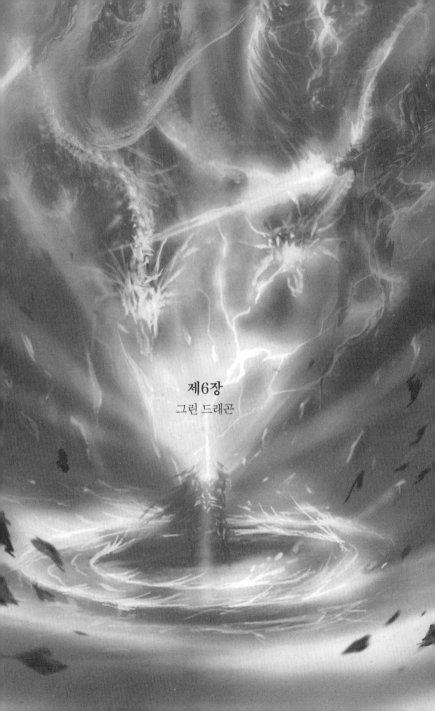

제6장

그린 드래곤

윈스터 후작의 죽음!

그것은 제국 전역을 혼란의 도가니로 몰아넣기에 부족함
이 없었다.

레디븐 백작을 토벌하기 위해 이십만 대군을 동원한 윈스
터 후작이 죽을 거라 여긴 이는 아무도 없었다. 그가 이끄는
군은 강군 중에서도 강군이었으며, 패배를 두려워하지 않는
무적의 군대였다.

북부의 맹주, 제국 최대의 권력자였던 그의 허망한 몰락에
많은 이가 경악을 금치 못했다.

물론 그 이면에 있었던 일을 알게 되면서 다시 한 번 씻을 수 없는 경악을 느껴야만 했다.

클레디오 백작.

제국 최강의 검사이자, 반역자 리그디스 공작의 심복이었던 그의 개입이 윈스터 후작의 죽음과 연관되어 있다고 알려지니, 레디븐 백작과 로운 후작의 연계가 그들을 혼란으로 몰아넣었다.

온건한 성향의 로운 후작은 누구와도 긴밀한 관계를 맺지 않는 것으로 널리 알려졌다. 그러다 보니 세력의 균형을 무너뜨릴 수 있음에도 지금의 균형이 이루어지고 있었는데, 클레디오 백작의 개입이 윈스터 후작의 죽음과 더불어 제국 북부에 혼란을 조성했다.

단신으로 이십만 대군이 지키고 있는 진영을 파괴한 무위는 이미 전설로 기록될 정도였다.

그 누가 그의 앞을 가로막을 수 있단 말인가.

군대를 거느린 영주들은 압도적인 클레디오 백작의 무위에 두려움을 느꼈고, 각 지방의 맹주는 로운 후작의 상식을 뛰어넘는 계책에 상대할 엄두를 내지 못했다.

이번 전쟁으로 가장 큰 이득을 거둔 것은 레디븐 백작이었지만 가장 큰 수혜자는 로운 후작이었다.

그가 마음을 먹는다면 제국을 통일하는 것은 일도 아니다!

절대강자인 클레디오 백작과 마블론, 그리고 로운 후작 본인까지 세 명의 존재감은 이미 제국 전역을 아우르고 있다고 봐도 무방했다.

이런 혼란스러운 상황에서 세고 북부는 더 큰 혼란을 가져왔으니, 바로 윈스터 후작령을 지키고 있던 레임이 군을 움직여 영주관저를 장악하고 자신이 정식 후계자임을 선포한 것이다.

이에 장자인 그리퍼는 레임을 맹비난하면서 윈스터 후작의 죽음을 틈타 욕심을 부리는 동생을 용서하지 않겠다고 천명했다.

윈스터 후작이라는 구심점 아래 단단히 뭉쳐 있던 북부 영주들은 이해관계에 따라 흩어지기 시작했다.

굳건하던 제국 북부가 삽시간에 두 세력으로 나뉘는 순간이었다.

토릭슨이 벌인 일의 여파는 확실히 만만치 않았다.

물론 이 계획의 이면에는 그만의 생각이 실려 있는 것이 아니었다.

레디븐 백작의 무사 안전과 승리를 기원하는 제이안의 계책이 숨어 있었으며, 레임이 권력을 차지하길 원하는 체블린의 바람도 깃들어 있다.

세 명의 책사가 각자 가진 욕망을 위해 움직인 결과가 윈스터 후작의 죽음이고, 제국 북부의 양분이었다.

"한 사람이 일으킨 그림이라기에는 지나치게 큰가."

사전에 어떠한 논의도 없이 계책을 진행한 만큼 토릭슨의 권한이 지나치게 커졌다고 볼 수 있는 일이었다.

하지만 티엘은 그 부분에 대해서 어떠한 질책도 하지 않았다.

오히려 귀찮은 적을 제거한 것에 그를 치하했다.

그만큼 클레디오 백작을 움직이는 것은 쉽지 않은 일이고, 제이안이나 체블린과 이해관계를 일치시키는 것도 어려운 일이었다.

서로 뛰어난 두뇌를 지닌 만큼 각자 가진 생각을 일치시키는 것은 굉장히 어려운 일이었다.

그런데 그것을 해낸 것이다.

이는 그의 재능이 마음껏 꽃을 피우고 있다는 걸 증명했다.

자신은 그것을 마음껏 발휘할 수 있는 영양분이 될 뿐, 어떠한 방해도 할 생각이 없었다.

"적정선을 알도록 해줘야겠군."

벌써 가문의 후계를 걱정할 만큼 토릭슨은 많은 부분에서 앞서나가고 있었다. 그렇기에 미래에도 걱정되는 부분이 많왔다.

"더 이상 제국의 정세는 신경 쓸 필요가 없나."

윈스터 후작의 죽음은 제국의 정세에 커다란 변화를 일으켰으나, 반대로 살펴보면 딘일 세력으로 기문을 상대할 기가 황제밖에 없어졌다.

둘로 나뉜 제국 북부는 곧 처절한 골육상쟁을 벌일 예정이고, 레디븐 백작도 전력을 추스르면서 숨을 고르기 바쁠 것이다.

히드로 2세 또한 권력의 반석을 다지기 바빴으니, 가장 여유가 넘치는 것은 자신이었다.

그리고 티엘은 그 여유를 마음껏 만끽하고 있었다.

우웅! 우우웅!

마나가 거세게 진동을 일으키면서 주변 일대로 퍼져 나갔다. 그의 의지가 깃들면서 삽시간에 대기를 장악해 나갔다. 검을 쥔 티엘은 허공을 향해 가볍게 그어보았다.

키잉! 키이잉!

그러기 무섭게 공간이 일그러지면서 왜곡 현상을 일으켰다. 그의 비기인 공간검을 발휘하여 차원의 균열을 만드는 것이었다.

마계의 문을 열기 위해서는 그도 여러모로 각별히 신경을 기울여야 했다.

자칫 잘못해서 마계와 천계의 접점을 열었다가 중간계에서 전마내전이 벌어질지도 모르는 일이었다. 무엇보다 마왕들이 언급했던 천족의 실체를 자세히 파악하기 위해, 마족의 진실한 속내를 파악하기 위해서라도 마계의 문을 여는 과정은 필요했다.

그것이 중간계 전체를 피로 뒤덮는 일이라고 해도 언젠가는 반드시 일어날 일이었다.

푸슈슈.

티엘이 일으킨 공간검은 공간 왜곡만 일으키다가 그대로 허공에서 흩어졌다. 힘의 여파가 여전히 남아 대기를 일렁이게 만들었지만 잔잔한 파문처럼 어떠한 결과도 일으키지 못했다.

"차원의 벽이 얇아졌다고 해도 이 정도의 힘으로 문을 여는 건 무리였나."

하지만 지금 것은 고작 시작에 불과했다.

오늘 그가 목표한 부분은 공간검을 활용하여 확실하게 마계의 문을 열어보는 것이다.

좌표를 파악하게 되면 마음을 먹는 즉시 마계의 문을 열 수 있으니 또 한 가지 강력한 패가 자신의 손에 쥐어지는 셈이다.

우우우웅!

이번에는 더 강한 힘이 주변 공간으로 퍼져 나갔다. 다시 한 번 공간검의 힘이 발휘되는 순간, 더 큰 왜곡 현상이 일어나기 시작했다.

키잉! 키이잉!

위이이이잉!

공간이 사정없이 일그러지면서 점점 균열이 일어났다. 그리고 그 크기를 더욱 키워 나가더니 이내 한 가닥 검은 기류가 흘러나왔다. 익숙한 느낌의 그것은 틀림없는 어둠의 마나였다. 하지만 얼마 지나지 않아 순백의 기류도 흘러나왔는데, 그것은 천족이 사용하는 빛의 마나임이 분명했다.

불분명한 힘이 표류하면서 마계와 천계를 같이 건드리고 다닌다는 것을 짐작할 수 있었다.

하나 그 불분명한 공간의 경계는 티엘로 하여금 확신을 심어주었다.

"대충 감은 잡았나."

마계와 천계 중간에서 좌우로 흔들리던 힘은 그대로 허공에 흩어졌다.

가볍게 몸을 풀고 자리에서 일어난 그는 다시 한 번 힘을 끌어올렸다.

정신이 집중되고, 주변 기운이 고조되면서 대기가 거세게 떨리기 시작했다.

'…왔군.'

이 느낌은 전생에 자신이 마계를 열 때 휘감던 그 감각이었다.

확실히 영혼에 새겨 넣고자 그것을 기억한 뒤, 천천히 허공을 향해 검을 휘둘렀다.

이대로 단숨에 마계의 문을 열어볼 셈.

그의 의지가 실린 공간검이 허공을 가르며 차원의 벽으로 가로막힌 마계의 문을 두드렸다.

꽝! 꽈과광!

연신 벽을 두드리며 마계로 향하는 그의 힘은 공간 왜곡을 일으키며 주변 전체를 균열음으로 뒤덮었다.

"됐다."

차원의 벽을 허물고 마계의 문을 여는 것을 느낀 순간 티엘의 눈이 빛을 발했다. 그 순간, 그의 행사를 방해하는 날카로운 목소리가 있었다.

"멈춰라!"

콰직! 콰지직!

거대한 의지는 곧장 티엘을 향해 쇄도했다. 마계의 문을 열기 직전, 빈틈을 노출한 그에게 향하는 일격이었다. 쉬이 경시할 수 없었던 티엘은 눈살을 찌푸리며 마계의 문을 열고 있던 공간검의 힘을 거두었다. 그리고 자신을 향한 악의를 향해 검을 휘둘렀다.

쩌엉!

날카로운 소리와 함께 강렬한 충격파가 주변을 뒤덮었다.

"그만 모습을 드러내기."

"……."

나직한 목소리가 숲 속에 울려 퍼지자, 잠시 침묵이 내려앉았다. 하지만 그것도 오래 이어지지 않았는데, 티엘이 정확하게 한 곳을 주시하고 있자 더 이상 버티지 못한 채 모습을 드러낸 것이다.

나무 너머로 모습을 드러낸 것은 나무줄기를 엮은 옷을 입고 있는 아름다운 여인이었다. 특징이라면 귀가 뾰족하고 몸놀림이 바람처럼 사뿐사뿐했다.

"엘프?"

겉모습은 영락없는 엘프의 것이었다. 하지만 티엘은 그 내면에 깃든 포식자의 흉폭함과 엘프가 따라갈 수 없는 세월의 깊이를 느꼈다.

이내 그의 정체를 알아차린 그가 작게 고개를 끄덕이며 중얼거렸다.

"드래곤이로군."

"…넌 누구지?"

작은 중얼거림이었지만 티엘이 하는 말을 들은 그녀였다.

자신의 정체를 정확하게 꿰뚫어 보는 것부터 시작하여 정체를 일고도 물러서지 않는 모습까지. 하나하나가 범상치 않은 인간이란 게 느껴졌다.

"그전에 자기부터 소개하는 게 옳지 않나."

그의 말에 잠시 멈칫한 그녀는 작게 고개를 끄덕이곤 자기소개를 했다.

"내 이름은 제스피아리스다. 위대한 그린 일족의 일원이다."

"제스피아리스라……."

자부심이 깃든 그녀의 소개를 들으며 생각에 빠져들었다. 그린 드래곤의 이름이었지만 아무것도 기억에 남지 않았다. 전생에서 마족과 전쟁을 벌일 때, 천족과 전쟁을 벌일 때도 드래곤은 참전했다.

하지만 그곳에서 듣지 못했으니 그다지 대단한 드래곤일 것 같지는 않았다.

"내 이름은 티엘 로운이다."

"알고 있다, 인간."

"방금 티엘 로운이라고 소개한 것 같은데."

"내게 이름을 듣고 싶다면 그만한 능력을 보여야 하지. 하지만 마계의 문을 열려고 했던 인간인 네가 내게 그런 자격이 있다고 생각하나?"

"…내가 마계의 문을 열려고 한 걸 어떻게 알지?"

공간검의 권능은 드래곤도 제대로 꿰뚫어 보기 힘든 것이었다.

그런데 눈앞의 드래곤은 그것을 어렵지 않게 알아보았다. 범상치 않은 느낌에 눈을 가늘게 떴지만 제스피아리스는 오히려 코웃음을 쳤다.

"흥! 차원의 벽을 허물고 마계의 문을 열려고 하는 의도 정도도 모를까?"

"그것도 알고 있다니, 평범한 드래곤은 아니로군."

"그보다 내 질문에 대답해. 왜 마계의 문을 열려고 했지? 설마 마왕을 소환하려는 어처구니없는 행동을 하려는 건 아니겠지?"

티엘을 노려보는 그녀의 눈은 매서웠다. 대답을 잘못하면 즉시 제거하겠다는 강렬한 살의가 가득했다. 하지만 그 이면에 깃든 호기심을 느낄 수 있었다.

"그것보다 마계의 좌표를 정확하게 알고 있는 이유가 궁금하군."

"난 위대한 그린 드래곤이다. 그 정도는 나 말고도 다른 드래곤도 알고 있어."

"드래곤이 그런 지식을 알고 있다는 말은 들어본 적이 없는데."

"이, 인간인 네가 어떻게 그 사실을 안다고 생각하지?"

"내가 마계의 문을 열 수 있는 수준에 도달했는지 설마 아는 드래곤도 없을까. 그건 그렇고 내 질문에 대답해 줬으면 좋겠는데."

"그, 그건⋯⋯."

제스피아리스의 얼굴에 차츰 당황이 서리기 시작했다.

마계의 문을 여는 것은 드래곤 사회에서도 엄격히 금기시된 사안이고, 마계의 좌표를 아는 드래곤도 없는 실정이었다.

그 이유는 간단했다.

오랜 세월 살아가면서 무료함을 느끼는 드래곤이 행여나 마계의 문을 열어 마족을 소환할 수 있는 가능성을 원천적으로 차단한 것이다.

하지만 눈앞의 그린 드래곤은 티엘이 무엇을 하고자 하는지 정확하게 간파하고 있었다.

이는 그가 마계의 좌표에 대해 정확하게 알고 있다는 의미였다.

"그보다 알고 있는 드래곤이라니? 누구지?"

"베레아스. 카스피스다."

"⋯⋯."

거침없이 나오는 이름에 제스피아리스는 침묵했다.

베레아스는 레드 드래곤 최고 고룡으로, 만 년의 세월을 살아온 드래곤 중 최고령자이며, 카스피스는 현재 모든 드래곤의 로드직을 맡고 있는 드래곤 로드다.

그들은 모두 에인션트급을 넘긴 고룡으로, 제스피아리스가 넘볼 수 없을 만큼 끼미득히 높은 곳에 위치한 드래곤이었다.

"믿을 수 없어, 거짓말하지 마라!"

"내가 거짓을 말하고 있는지 아닌지는 이미 파악했을 텐데."

"이익!"

드래곤은 사물의 진실을 엿볼 수 있는 힘을 지니고 있다. 방금 전 티엘이 말을 하는 순간 그 말의 진위 여부를 파악하는 것은 일도 아닐 터였다.

물론 그의 말에는 커다란 허점이 존재했다.

티엘이 베레아스와 카스피스를 만난 적이 있지만 어디까지나 과거에 있었던 만남이었던 것이다.

현생에서는 아직 그들을 만난 적도 없고, 자신의 존재도 모른다.

한마디로 티엘 혼자 알고 있다는 뜻이었다.

하지만 그의 말에는 거짓 하나 섞여 있지 않았기에 제스피아리스를 혼란으로 몰아넣기에 충분했다.

"그럼 이제 내 질문에 대답해 줄 차례로군. 위대한 그린 드래곤?"

"그, 그건······."

궁지에 몰린 제스피아리스는 지금 상황을 타개하기 위해 부지런히 생각했다.

여태까지 인간과 접촉한 적이 없었던 그녀는 서적에 적힌 인간의 일반적인 대응과 판이하게 다른 티엘의 태도에 적잖이 당황하고 있었다.

대개의 인간은 드래곤을 보면 넙죽 엎드리며 살려달라고 하기 바쁜데 그는 오히려 당당하지 않은가.

죽여서 입막음을 할까 싶었지만 베레아스나 카스피스를 알고 있다면 그마저도 불가능했다.

"대답을 못하는 걸 보면 마계의 문을 여는 시험을 해보기라도 했나 보군."

"그, 그걸 어떻게? 아차!"

저도 모르게 수긍한 제스피아리스는 입을 꾹 다물었지만 이미 중요한 정보는 가감없이 티엘의 귀로 들어간 직후였다. 그녀를 바라보는 그의 입꼬리가 그대로 말려 올라갔다.

"그랬군, 그래서 마계의 문을 연다는 걸 알고 있었어."

"그런 게 아니라면?"

"아닌 거겠지. 하지만 베레아스나 카스피스가 그대로 믿을지는 모르겠군."

"…그렇다면 이 자리에서 제거하는 수밖에."

냉막하게 가라앉는 표정을 보며 티엘은 피식 웃었다.

드래곤이라는 족속은 어쩌면 늘 저렇게 한결같은 모습을 보일까.

수틀리면 죽이겠다는 말을 하는 모습은 그가 보아온 드래곤과 모두 동일했다.

"가능하다면 얼마든지."

"그렇다면 정말 쓴맛을 보여주겠어."

티엘을 노려본 제스피아리스가 두 손을 천천히 들기 시작했다.

제스피아리스가 티엘의 존재를 알아차린 것은 순전히 우연이었다.

그린 드래곤이자, 이제 갓 웝급을 돌파한 그녀는 공간 계열에 관심이 많았다.

다른 차원에 존재하는 정령과 마족, 천족에 대한 연구를 심도 깊게 했는데, 문제는 정령계를 자유롭게 개방할 수 있는 것과 달리 마계와 천계는 문에 접근하는 것조차 금지되어 있다는 점이다.

몰래 연구를 하면서 암암리에 시도했지만 마계의 문을 여는 것은 쉬운 일이 아니었다.

먼저 차원의 벽을 돌파해야 했고, 마계의 좌표를 정확하게 읽어 들이고 문을 개방해야 했다.

그 과정에서 소모되는 힘의 크기가 만만치 않았기에 제대로 시도를 하다가는 두 눈을 시퍼렇게 뜨고 있는 고룡들에게 발각될 것이 분명했다.

그러던 차에 눈앞의 인간을 발견했다.

본래 공간의 힘에 민감했는데, 자신의 권역인 숲에서 버젓이 차원의 벽을 허물고 마계와 천계를 넘나들며 문을 두드리는 걸 본 것이다.

그것은 전혀 새로운 방식이었고 그녀의 호기심을 자극하기에 부족함이 없었다.

하지만 그가 정말 마계의 문을 열려고 하는 순간, 더 이상 좌시하지 못하고 나선 것이다.

문제는 그 인간이 고룡들을 알고 있으며, 자신의 비밀도 간파했다는 점이다. 이대로 가다가는 그동안 자신이 연구한 모든 자료를 파기당하고 징계를 당할 수도 있었다. 그것만큼은 할 수 없기에 제스피아리스는 마음을 독하게 먹고 눈앞의 인간을 제거하기로 결정했다.

인간이 드래곤을 당해낸다는 것은 있을 수 없는 일이다.

그것은 그녀가 가지고 있는 확신이었으며, 변하지 않는 불변의 원칙이다.

그러나 자신의 생각이 잘못되었다는 것을 깨닫는 데에는 오래 걸리지 않았다.

돌연 어깨가 화끈해지더니, 그대로 공간검이 주변을 휩쓴 것이다.

"꺄악!"

비명을 지른 제스피아리스가 그대로 허물어졌다. 공격을 한 티엘은 황당한 마음에 저도 모르게 힘을 거두어들이고 그녀를 바라보았다.

피가 흘러내리는 어깨를 감싸 쥔 그녀는 멍한 표정으로 티엘을 응시했다.

"뭐가 이렇게 약해?"

"약하지 않거든? 이건… 방심해서 그런 거야."

인간에게 일격을 허용한 것도 모자라 강하다고 설명해야 하는 자신의 처지가 황당한 것은 마찬가지였다.

철저하게 얕보였다는 생각이 들자, 제스피아리스는 입술을 꼭 깨물며 티엘을 노려보았다.

아름다운 엘프의 표독한 눈빛은 전혀 위협이 되지 않았지만 제 딴에는 한껏 공포 분위기를 조성했다고 생각하는 듯했다.

"각오해, 이제 방심 따위는 없으니까."

"그렇게 말해봤자 무서워하는 이가 있을까."

"겪어봐, 그리고 절망해!"

키이잉!

제스피아리스의 주변으로 거대한 공간의 균열이 생겨났다. 그리고 불규칙한 상태로 끊임없이 왜곡 현상이 일어나기 시작했다.

그 광경을 지켜보던 티엘이 다시 한 번 공간검을 전개했다.

그러자 놀라운 현상이 일어났다.

조금 전에 공간을 격하고 제스피아리스를 강타했던 그의 검이 그대로 튕겨 나온 것이다.

그냥 튕긴 것도 아니고 그녀 주변에 도달했다가 왜곡에 휘말려서 밖으로 밀려났다.

"이거, 재미있군."

"후후! 내가 개발한 비장의 수단이라고. 모든 공격은 무위로 돌리는 절대방어보다 강력한 방어막이지."

"……."

자화자찬을 하면서 콧대를 높이고 있었지만 그 효과만큼은 진짜였다.

주변 전체를 저렇게 강력한 공간 왜곡으로 뒤덮는다면 공격 자체가 도달하는 것이 불가능했다.

충분히 자부심을 가질 만한 비기였고, 티엘이 예상치 못한 공간의 또 다른 응용이었다.

"하지만 공격은 쉽지 않겠지."

"흥! 내가 그 정도도 못할 것 같아?"

코웃음을 친 제스피아리스가 손을 뻗자, 강렬한 힘의 응집이 일어나면서 공간 왜곡의 범위가 조금씩 늘어나기 시작했다.

그것은 비단 범위만 넓어진 것이 아니라 그녀의 의지가 닿는 거리의 증가를 의미했다.

문득 감각을 휘감는 위화감에 티엘은 뒤로 물러나며 검을 뻗었다. 푸른 오러가 주변을 뒤덮는 순간, 공간 왜곡 현상이 그의 방어막을 두드렸다.

따당! 땅!

"확실히 참신한 공격 방법이로군."

"…이걸 막았어?"

공간 왜곡 공격을 막아낸 비기에 제스피아리스의 얼굴에 경악이 번졌다.

모든 것을 비틀어버리는 공간의 힘은 누구도 막아낼 수 없는 절대적인 권능이다. 그것을 오러로 막아냈을 뿐만 아니라, 힘의 원리까지 파악한 듯했으니 그동안 자신이 연구해 온 모든 걸 털린 셈이다.

"하지만 틈이 없는 것도 아니군."

"내 공간 마법에 틈은 존재하지 않아!"

"이제부터 알려주지."

검을 든 티엘이 빠른 속도로 그녀에게 쇄도했다. 단숨에 도약을 하면서 접근했지만 제스피아리스도 물러나지 않고 공간 왜곡으로 그의 몸을 산산조각 내려고 했다.

킹! 키기긱! 키기깅!

공간검이 공간 왜곡을 공격하며 날카로운 균열음이 연이어 울려 퍼졌다.

그러면서 제스피아리스가 펼친 공격은 모조리 파훼되었다. 공간 왜곡이 일어나기 전 공간검이 먼저 공간을 장악하니, 힘 자체의 발현이 불가능해진 것이다.

"검으로 시작된 내 의지가 닿지 않는 곳은 없지. 힘이 발현하기 전에 맥을 끊어버리면 발현조차 할 수 없으니 이보다 간단한 공략 방법이 있을까."

"말도 안 돼……."

경악으로 눈을 부릅뜨며 티엘을 노려보았지만 그는 전혀 개의치 않고 검을 휘둘렀다.

전신을 휘감던 공간 왜곡이 무너지고, 맨몸이 된 제스피아리스의 몸이 흐릿해지면서 이십여 미터 떨어진 곳에 모습을 드러냈다.

그 순간 티엘도 공간검을 발현했다.

"꺄악!"

다시 한 번 공격을 허용한 제스피아리스의 날카로운 비명 소리가 터져 나왔다. 하지만 용케 무너지지 않고 균형을 잡은 채로 티엘을 노려보았다.

"나중에 봐, 너! 절대 용서하지 않겠어."

"누가 보내준다고 했지?"

의지가 깃든 공간검이 다시 한 번 공격을 하는 순간, 제스피아리스의 주변에 공간 왜곡이 일어났다.

키기기긱! 키잉!

연달아 충돌하며 치열한 접전이 이어졌다. 그사이 티엘의 공간검이 공간을 점유하며 왜곡 현상을 해제했지만, 그사이 제스피아리스의 몸은 순백의 빛에 휩싸여 그대로 자취를 감추었다.

"…놓쳤군. 별수 없나."

공간의 힘을 적극적으로 활용하는 제스피아리스를 보던 티엘이 고개를 절레절레 저었다.

확실히 공간 왜곡을 이용한 힘의 운용은 공간검을 다루면서도 처음 본 참신함이 있었다.

공방일체의 완벽함을 자랑하는 제스피아리스의 힘은 권능이라고 칭할 만큼 대단했다. 만약 자신이 공간에 대한 이해도가 깊지 않아서 힘을 무력화하지 않았더라면 큰 위험을 겪을 뻔했다.

"제스피아리스라… 아무래도 쓸 만한 드래곤을 알게 된 것 같군."

지금쯤 성공적으로 도망쳐서 회회낙락하고 있을 그녀를 떠올리며 티엘은 입꼬리를 말아 올렸다.

도망쳐서 잡을 수 없을 거라 생각했다면 오산도 이런 오산이 또 없다.

베리아스는 드래곤 중 가장 오랜 세월을 살아온 드래곤이다.

레드 드래곤인 그는 종속의 특징인 불같은 성격과 전혀 상반된 차분한 성격의 소유자였다.

늘 합리적이고, 드래곤 사회를 위해 헌신했기에 모든 드래곤이 그를 존경하고 따랐다.

그럼에도 드래곤 로드직을 거절한 것은 자연으로 돌아갈 날이 멀지 않아서이리라.

이제 자연으로 돌아갈 날을 기다리며 조용히 신변을 정리하고 있던 베리아스에게 갑자기 나타난 한 인간의 존재는 오래전 마모되어 버린 호기심이란 것을 생겨나게 만들었다.

"내게 협력을 해달라고?"

제안이랍시고 가져온 내용이 허무맹랑했기에 베리아스는 피식 웃으며 되물었다.

그를 찾은 티엘은 대수롭지 않은 표정으로 고개를 끄덕였다.

　"아무래도 만 년을 넘게 산 드래곤의 말이라면 허투루 들을 것은은 없을 테니."

　"틀린 말은 아니로군. 하지만 내가 왜 자네의 말을 들어줄 거라 여기나?'

　"그러지 않으면 말년이 편치 않을 걸 잘 알고 있을 테니."

　"허허! 이제 오늘내일하는 드래곤에게 그런 협박이라, 미쳤다면 제대로 미쳤다고 말을 해주고 싶구먼."

　"원래 죽어야지 하는 노인네들이 젊은 것들보다 더 오래 살더군. 그렇게 말해도 살 드래곤도 살 테니 계획에 협력해 주면 좋겠군."

　시종일관 버릇없는 말투를 고수하는 행동에 베리아스는 너털웃음을 지었다.

　"마계의 문을 열겠다라……."

　제안이랍시고 가지고 온 것이 그것이다.

　그 이유는 마계의 멸망.

　터무니없는 발상에 베리아스는 눈앞의 인간이 자신감이 넘치는 것인지 아니면 헛된 꿈을 꾸는 몽상가인지 구분할 수 없었다.

　'만 년 동안 살아온 내 안목으로 제대로 판별할 수 없는 인

간이라니.'

그것 하나만으로도 충분히 연구 내상감이었나.

그 이면에는 분명 자신하는 부분이 있기에 자신을 찾아온 것이겠지.

"어떻게 마계의 문을 열 수 있는지 설명할 수 있나?"

"어렵지 않은 일이지만 우선 드래곤 하나와 만남을 주선해 줬으면 좋겠군."

"드래곤을?"

"그쪽도 공간 계열에 상당히 조예가 깊은 것 같은데, 아마 좋은 구경거리를 제공할 수 있을 것 같군."

평소대로라면 자연으로 돌아갈 준비를 핑계로 거절했을 것이다. 하지만 눈앞의 인간은 꺼져만 가던 호기심이란 존재에 불을 지펴주었다. 입꼬리를 말아 올린 베리아스는 기꺼이 그 요청을 받아주었다.

"그렇게 하지."

제스피아리스의 레어는 다른 드래곤과 달리 평범한 초옥이었다.

주변 권역은 드래곤의 존재감으로 물들였지만, 거추장스러운 공동을 레어로 삼는 것보다 자유롭게 움직일 수 있는 공간을 선호했다.

자유로운 영혼인 그녀였지만 갑작스러운 베리아스의 방문은 깜짝 놀랄 만한 일이었다.

그녀의 머릿속에는 얼마 전 자신과 겨뤘던 인간의 존재가 맴돌고 있었다.

"허허, 이렇게 갑자기 찾아와서 미안하네."

상념도 베리아스의 웃음에 이어지지 못했다. 그녀는 황급히 그를 안으로 안내했다.

"베리아스 님이 이곳에 찾아오실 줄은 몰랐어요. 누추하지만 안으로 드세요."

"그렇게 하겠네."

초옥 안으로 들어간 둘은 한동안 근황 이야기를 주고받으며 화기애애한 분위기를 조성했다.

제스피아리스는 찻잔을 올려놓고 조심스럽게 질문을 던졌다.

"그런데 이곳에 무슨 일로 찾아오신 건지?"

"얼마 후에 자연으로 돌아갈 것 같기에 모든 일원에게 인사를 하러 다니고 있다네. 오지랖이 넓어서 그러니 불편해도 이해해 줄 수 있겠나?"

"무, 물론이죠."

베리아스의 용건이 그것뿐이라면 안심할 만한 사안이었다. 그녀가 막 마음을 놓으려던 순간, 베리아스의 입에서 나온 말이 뻣뻣하게 굳게 만들었다.

"그런데 얼마 전에 한 인간과 만난 적이 있나?"

"네, 네? 그게 무슨 말씀인가요?"

깜짝 놀란 제스피아리스는 말을 더듬었지만 표정은 바뀌지 않았다. 침착한 반응에 베리아스는 나직이 고개를 끄덕이며 말했다.

"자네를 만났다고 주장하는 인간이 있더군."

"분명 만난 적은 있지만… 베리아스 님은 그 인간을 잘 알고 계신 게 아니었나요?"

분명 자신의 눈에 걸리길, 그는 베리아스를 잘 아는 것으로 되어 있었다. 하지만 말의 뉘앙스를 들어보면 그는 그것이 아닌 듯했다.

"잘 모르네만?"

"……."

인간의 말도 진실이었고, 베리아스의 말도 진실이다. 그럼 대체 어느 것이 거짓이란 말인가? 순간 머릿속을 가득 채운 의문이 혼란스럽게 만들었지만 그것을 거짓말처럼 날려 버릴 수 있었다.

바로 뒤에서 들려온 목소리 덕분에 말이다.

"오랜만이군."

"너, 너는……."

뒤를 돌아본 제스피아리스는 입꼬리를 말아 올리고 웃는 티엘을 보며 뻣뻣하게 굳었다.

불청객으로 등장한 티엘은 허락도 받기 않고 빈자리에 앉았다. 그리고 입도 안 댄 찻잔을 들어 한 모금 마신 뒤, 뻔뻔하게 말했다.

"그렇게 가버릴 줄은 몰랐군. 내가 그린 드래곤의 자존심을 너무 높게 평가했었나?"

"……."

빈정거리는 말투에도 제스피아리스는 아무 말도 하지 않았다.

지금 머릿속이 뒤죽박죽되어서 어떻게 대응해야 할지 알 수 없었다.

자세한 정황을 들여다보면 그가 베리아스를 알고 있는 사이임은 분명했다. 자신의 예상처럼 친한 사이는 아니었지만. 그가 이곳까지 온 것은 베리아스의 안내일 확률이 높았고, 그리되면 자신이 공간 계열의 마법을 이리저리 실험해 본 것도 알고 있을 확률이 높았다.

"자네가 염려하고 있는 바가 무엇인지 알고 있네. 하지만 나는 그 부분을 탓할 생각이 없으니 마음을 놓아도 좋네."

"…정말인가요?"

"죽을 날만 기다리는 늙은이가 무슨 기강을 잡겠다고 젊은 이들을 잡겠나."

"감사합니다."

모른 척 눈감아주겠다는 말 한마디는 제스피아리스에게 찬란한 빛으로 다가왔다.

자연히 티엘을 바라보는 그녀의 눈빛은 곱지 못했다.

"그날 일을 가지고 찾아왔다면 크게 오산이라고 말해주고 싶은데."

"왜지?"

"이곳은 내 레어, 며칠 전과 같은 양상이라고 생각하면 곤란해."

"허겁지겁 도망치는 모습을 지켜봤는데, 그렇게 말을 하다니, 참 재미있군."

"뭐라고? 내가 왜 도망쳐! 난 더 이상 대결을 할 이유를 찾지 못했을 뿐이야."

정곡을 찌르는 말에 분노했지만 섣불리 나설 수 없었다. 전과 달리 눈앞의 인간이 만만치 않은 상대라는 것은 이미 몸으로 겪어보았다.

"내가 이곳을 찾은 건 네게 만족스러운 제안을 하기 위함이다."

"뭔데?"

베리아스가 데려온 손님이었기에 차마 바람을 맞힐 수는 없었다. 하지만 대답을 하는 그녀의 태도는 시큰둥하기만 했다.

"마계의 문을 열고 싶다."

"…미쳤어?"

황당함이 가득한 어조로 물었지만 문득 베리아스는 아무런 반응이 없다는 것을 깨달았다. 오히려 그는 눈에 호기심을 가득 담은 채 티엘의 말을 기다리고 있었다.

어떻게 돌아가는 상황인지 알 수 없던 제스피아리스로서는 티엘의 대답을 재촉했다.

"간단하다. 나는 마계의 문을 열고 대마왕을 소환할 생각이다. 그리고 녀석에게 물어볼 것이다. 정말 중간계에 강림해서 어떤 수작을 벌일 것인지."

"대마왕이 그걸 순순히 말할 거라 생각해? 그리고 그들이 얌전히 마계로 돌아갈 거라 생각하냐!"

대마왕이라면 에인션트 드래곤 여럿이서 합공을 해야 간신히 감당할 수 있는 존재다.

그렇게 강한 마왕을 태연한 표정으로 소환하겠다고 하다니! 눈앞의 인간이 가진 어리석음에 제스피아리스의 표정이 처참하게 구겨졌다.

"어차피 내가 마계의 문을 열지 않아도 대마왕의 강림은 기정사실이다."

"왜?"

"이미 중간계에는 여러 마왕이 강림해서 활동하고 있기 때문이지."

"…뭐라고? 난 그런 기미를 전혀 느끼지 못했는데?"

"그 이야기는 내가 해줄 필요가 없겠지. 한 가지 분명한 건 마왕이 강림해 있고, 그들은 대마왕을 소환하려고 한다. 이것은 피할 수 없는 분명한 진실이지."

"그럼 대륙은 지금 큰 위기에 봉착해 있는 겐가?"

조용히 듣고 있던 베리아스가 질문을 던졌다.

"마왕의 강림은 큰 위협이 되지 않지만 문제는 천족이라고 하더군."

"천족? 천족은 왜?"

"여러 마왕이 강림하고 대마왕까지 소환하려는 이유는 천족이 곧 중간계에 강림한다는 소식이 전해졌기 때문이다."

"……"

충격적인 그의 말에 모두 침묵에 빠져들었다. 마왕의 강림만 해도 비상이 걸릴 만한 사건인데, 천족까지 강림한다는 말을 들을 줄 몰랐던 것이다.

"그 이야기를 어떻게 알게 되었나?"

"마왕이 말해주더군. 켈그라인이라고 아나?"

"시간의 마왕이로군, 허허! 그라면 마왕 중에서도 신용이 높은 마족이지."

만 년을 살아온 드래곤답게 켈그라인의 정체를 알고 있는 그였다.

하지만 티엘의 목적과 천족의 강림과는 큰 관계가 존재하지 않았다.

"그게 마계의 문을 열려고 하는 것과 무슨 차이가 있는데?"

"먼저 마계의 문을 열고 협상을 한다. 손을 잡고 천족을 물리치기로."

"천족을 물리쳐?"

"차원의 벽이 얇아진 상태인만큼 천족들도 자체적으로 강림할 수 있을 것이다. 그리되면 전쟁터가 되는 중간계만 망가질 뿐이지. 난 전쟁을 최대한 빠르게 해결하기 위해 마족을 이용할 생각이다."

티엘이 생각하는 계획은 간단했다.

먼저 마계의 문을 연 뒤 대마왕을 소환한다. 그리고 그에게 협력을 제안하고, 함께 천족을 격퇴하는 것이다.

"그럼 마족들이 남잖아!"

"그때는 마족들도 치워 버리면 되겠지."

"…그게 말처럼 쉽다고 생각해?"

그의 말을 들어보면 마치 어린아이 손목을 비트는 것처럼 간난하게 말을 하고 있었다.

하지만 그것이 쉽지 않은 일임을 그녀는 누구보다 잘 알고 있다.

마왕 하나하나의 힘은 드래곤에게 절대 뒤처지지 않았고, 대마왕 같은 경우에는 재앙이라고 해도 부족함이 없었다.

그런 그들을 먼저 소환하고 그대로 이용하겠다는 발상은 대체 어느 머리에서 나오는 것인지 열어보고 싶은 충동이 들 정도였다.

씩씩거리는 제스피아리스를 뒤로 미뤄두고, 베리아스가 차분한 어조로 질문을 던졌다.

"마족들도 그렇게 어리석지 않을 터, 순순히 받아들일 거라 생각하는 겐가?"

"그렇게 만들도록 해야겠지."

"어떻게 만들 건가?"

"우선 암약하고 있는 마왕을 모은다. 그리고 그들에게 커다란 협상 틀을 제시하면 되겠지. 감시에 벗어나 있는 것보다 눈앞에 있는 게 더 나을 테니까. 그다음에는 차례대로 마왕을 소환한다. 그리고 그들에게서 확약을 받아내면 대마왕까지 수월해지겠지."

"마왕은 약속을 손바닥 뒤집는 것처럼 쉽게 여기는 자들이

네. 그 약속이 무의미하다는 것을 정말 몰라서 하는 말인가?"

"약속을 뒤집을 수 있지만 맹약은 뒤집을 수 없지. 마족도 천족과 전투를 벌이려 하고, 천족도 마찬가지인 지금, 전장을 세공하는 대가로 이쪽이 취할 수 있는 이익을 챙기는 게 우선이다."

"허허, 살다가 이런 말을 인간에게 들을 줄은 몰랐군. 아마 회의에서 한차례 소란이 벌어지겠어."

드래곤 로드인 카스피스가 이 사실을 알게 되면 얼마나 방방 뛸지 불을 보듯 뻔했다.

"받아들일 생각이 있나?"

"왜 나한테 협력을 원하는 거야?"

"그 정도로 공간 마법에 이해도가 깊다면 내가 마계의 문을 여는 데 도움을 줄 수 있겠지. 내가 원하는 것은 단지 그것뿐이다."

"협력……."

어색한 단어였기에 나직이 중얼거린 제스피아리스는 생각에 빠져들었다.

눈앞의 인간과 손을 잡으면 중간계는 한차례 거대한 전쟁에 휘말리게 될 것이다.

그를 제정신으로 봐도 무방한가. 아니면 미친 인간의 궤변에 넘어가서 중간계를 전쟁터로 만들려는 어리석은 드래곤이 될 것인가.

여러 가지 생각이 머릿속을 휘감았고, 괴로움에 인상을 찡그렸다.

"이건 우리에게도 생각할 시간이 필요할 것 같네."

"그럼 기다리도록 하지. 시간은 많으니까."

"허허! 조만간 우리가 한 번 찾아가도록 하지. 우리들도 나눠야 할 대화가 많은 듯하니."

적절한 베리아스의 중재에 티엘도 더 이상 의견을 강하게 주장하지 못하고 고개를 끄덕였다.

밖으로 나가는 그의 모습을 지켜보던 제스피아리스가 격앙된 목소리로 말했다.

"정말 그의 말이 옳다고 생각하시나요?"

"내 눈에 모두 진실로 비춰졌으니, 그 정도로 확고한 인간이라면 허튼 말은 하지 않겠지. 일단 내 생각은 그렇다네. 자네는 어떤가?"

"저는……."

제스피아리스는 말끝을 흐렸다. 자신의 눈에도 베리아스와 같이 비춰졌던 것이다.

그의 말이 사실이라면 큰 위기를 앞에 두고 주도권을 잡으려는 노력이라고 포장할 수 있다.

하지만 아직도 확신을 가질 수 없던 것은, 드래곤에게 협력도 구하지 않은 채 혼자의 힘으로 마계의 문을 열려던 모습이다.

"모르겠어요. 머릿속이 너무 복잡해요."

웜급 드래곤인 그녀조치도 함부로 결정을 내린 만큼 가벼운 사안이 아니었다. 그만큼 티엘이 던지고 간 파문은 큰 것이었다.

"허허, 오랜만에 커다란 파문이 일어나겠구먼."

너털웃음을 지은 베리아스가 고개를 절레절레 저었다.

베리아스를 찾아가고, 제스피아리스에게 협력을 요청한 것은 즉흥적인 것에 불과했다.

본래 혼자서 마계의 문을 열고, 클레디오 백작의 보조 정도만 생각하던 티엘이었지만 베리아스를 만나는 순간 생각을 바꿔먹었다.

"결과를 기다리면 되나……."

곧 자연으로 돌아갈 드래곤이지만 그의 발언권은 드래곤 세계에서도 무시할 수 없을 만큼 강력하다. 중간계를 전장 삼아 마족과 연계하자는 제안은 큰 진통을 일으킬 것임이 분명했다.

"드래곤, 마족, 천족이라. 아주 재미있는 초유의 전투가 되겠군."

전생에서는 종래에 자신의 검으로 해결을 보았지만 과연 지금은 어떤 일이 벌어질까.

감히 예상하기 힘든 만큼 더 강한 존재들이 소환될 가능성이 높았다.

"그때를 기다리면 되겠지."

입꼬리를 말아 올린 티엘은 가벼운 발걸음으로 가문을 향해 움직였다.

제7장

티엘과 로즈

황도를 벗어난 로즈는 빠른 속도로 남하를 거듭했다. 약 보름이 걸리는 거리였지만 그녀가 로운 후작가에 도착했을 때에는 고작 일주일밖에 흐르지 않았다.

"……."

도시로 들어서는 그녀의 얼굴은 기대감으로 붉게 달아올라 있었다. 다시 그를 보고 검을 겨룬 뒤, 당당하게 사랑을 쟁취할 수 있다는 생각은 여태까지 겪었던 그 어떠한 일보다 설렘을 안겨주었다.

[후후, 너무 긴장하는 건 무위를 발휘하는 데 적합하지 않

아요.]

"알아. 그래도 마음이 떨리는 건 어쩔 수 없어."

[적당한 긴장감은 오히려 좋답니다. 하지만 로즈는 너무 서두르고 있어요. 조금 여유를 가지고 임했으면 좋겠어요. 며칠 동안 그동안 익힌 힘을 차분하게 가다듬어 보는 건 어떤가요?]

"…좋아."

당장 티엘을 찾아가고 싶은 생각이 컸지만 그녀의 말이 틀린 것도 아니었다.

자신이 검을 익힌 시간은 극히 짧았고, 어디에서 단점이 드러날지 알 수 없었다. 가까스로 마음속 열망을 억누른 그녀는 거처를 구한 뒤 수련에 매진했다.

그녀가 로운 후작령에 머문 지 채 사흘도 되지 않았지만 소문은 삽시간에 퍼져 나가기 시작했다.

고급 여관 별채에 머무는 아름다운 귀족 영애!

매일 검을 휘두르며 땀을 흘리는 로즈의 자태에 남자들은 하루가 멀다 하고 찾아오면서 지켜보기에 급급했다.

몇몇 세도가 자제들이 로즈에게 접근을 시도했지만 여관 주인은 한사코 접근을 말리면서 애걸복걸했다.

얼핏 보아도 범상치 않은 가문의 영애인 듯한데, 자칫 잘못 엮이다가는 여관이 날아가는 것은 일도 아니라 여긴 것이다.

덕분에 어중이떠중이들은 로즈에게 접근할 엄두조차 내지 못했고, 어느 정도 세력을 갖춘 이들은 그녀의 정체를 파악하기에 급급했다.

이러한 변화를 눈치 못 챌 로즈가 아니었다.

티엘에게 가기 전, 마지막 점검을 하려고 했지만 주변에서 쏟아지는 이목은 그녀로 하여금 불편하게 만들었다.

"…불편해."

[후후, 로즈가 너무 아름다워서 수련할 때도 불편함을 겪는군요.]

"알고 있었어?"

[음, 예상은 했지만 이 정도일 줄은 몰랐죠. 로즈는 그동안 내가 보아온 어떠한 여인보다 아름다워요. 그러니 미모를 감추려고 하지 말고 자신감을 가져요. 로즈는 충분한 자격이 있어요.]

"……."

달콤한 목소리가 울려 퍼졌지만 로즈의 굳은 얼굴은 펴질 줄 몰랐다.

제국사대미녀로 꼽히던 시절에도 충분히 아름다웠다. 하지만 티엘의 마음은 사로잡지 못했다. 결국 그의 관심을 끌고, 품에 안기기 위해서는 미모보다 더 강한 실력을 필요로 했다. 그리고 지금 로즈에게 가장 필요한 것은 그동안 익힌 힘을 극성까지 발휘할 수 있는 경험이었다.

그 고민을 알고 있는 율리아는 방향을 바꿔 로즈에게 조언했다.

[그럼 이건 어떤가요?]

"뭔데?"

[그러니까…….]

율리아의 말은 한참 동안 이어졌다. 우두커니 서 있는 로즈는 그녀의 말을 들으며 가끔씩 작게 고개를 끄덕여 보였다.

다음 날.

로운 후작가 도시는 한바탕 난리가 났다.

갑자기 나타난 아름다운 여자를 보기 위해 모여든 그들 앞에 팻말 하나가 등장한 것이다.

〈강자는 나에게 도전할 기회를 주겠다.〉

강자의 대지 로운 후작가, 그곳에서 눈부시게 아름다운 여인이 모든 검사에게 도전을 한 것이다!

당연히 반응은 폭발적이었다.

소식을 듣고 힘 좀 쓴다고 하는 모든 남자가 도전하고자 했다.

도전하기 위한 자격 조건은 하나였다.

〈엑스퍼트 상급일 것.〉

아시란 엑스퍼트 상급의 검사가 흔할 리 없었다.

자연히 도전하고자 하는 자들은 탄식을 흘렸고, 미모를 가지고 비싸게 팔아먹으려고 하는 로즈를 비난했다. 그럼에도 그녀는 태도를 바꾸지 않았고, 시간은 빠르게 흘러 사흘이 지났다.

그리고 마침내 도전자가 나타났다. 용병계에서 제법 이름을 날리던 용병이 로즈의 미모를 탐내고 도전을 해온 것이다.

그는 얼핏 드러난 그녀의 얼굴을 보고 침을 질질 흘리며 탐욕스러운 눈으로 말했다.

"지면 넌 내 부인이 된다. 내가 아주 아껴주도록 하지."

"……."

로즈는 아무 말도 하지 않았다. 그것이 위축된 것이라 여겼는지 용병은 아주 자신만만해서 음담패설을 내뱉으며 그녀를 희롱했다.

그렇게 시작된 대결.

결과는 단 한 합이었다.

용병은 일격에 마나 홀이 부서지며 바닥을 뒹굴었고, 로즈는 뒤도 돌아보지 않고 거처로 돌아갔다.

압도적인 강함.

그것은 도시를 들끓게 만들기 충분했다.

그때까지 어떠한 움직임도 보이지 않던 강자들이 움직였다.

그들은 로즈의 미모를 보고 그녀를 손에 넣고자 했고, 그때마다 로즈는 차곡차곡 적을 격파하며 명성을 쌓았다.

한 달 동안 그녀에게 쓰러진 강자의 숫자는 물경 오십 명을 헤아렸다.

모두 엑스퍼트 상급 이상의 실력자들로, 그중 절반 이상은 로운 후작가 은빛 기사단 소속이었다.

차근차근 강자를 격파하던 로즈에게 점점 도전자가 뜸해질 무렵, 한 남자가 모습을 드러냈다.

그녀와 비슷한 나이대로 보이는 젊은 청년이었다. 하지만 그에게서 풍기는 기세는 일대종사가 보일 법한 것으로 결코 가볍게 느껴지지 않았다.

"내 이름은 그윈, 로운 후작 각하를 모시는 기사입니다. 당신이 소문의 소드 퀸입니까?"

제국에서도 가장 강대한 세력을 거느린 로운 후작가.

무수히 많은 강자가 즐비한 곳에서 오로지 실력만으로 우뚝 선 그녀에게 소드 퀸(Sword Queen)이라는 칭호가 주어졌다.

그만큼 그녀가 검사들에게 선사한 충격은 신선한 것이었다.

　"당신에게 도전하겠습니다."

　"받아늘이지."

　수락이 떨어짐에 따라 순식간에 대결이 성립되었다. 널찍한 연무장에서 대치한 둘은 빈틈을 찾으면서 치열한 신경전을 벌였다.

　[후후, 이제야 좀 쓸 만한 사람이 나타났군요.]

　"……."

　로즈는 아무 말도 하지 않고 앞에 선 그윈을 조용히 바라보았다.

　로운 후작의 측근 중 한 사람이자, 뛰어난 기사인 그의 위명은 이미 제국 남부 전역을 울리고 있다.

　얼마나 뛰어나면 여동생과 혼인을 시켜 한 식구로 삼겠는가. 그 이면에는 커다란 오해가 뒤섞여 있었지만 그만큼 그윈의 실력은 사람들에게 인정받고 있는 것이었다.

　"우리 어디서 본 적이 있습니까?"

　후드로 얼굴을 반쯤 가린 로즈의 미모는 특별했지만 전체가 드러난 것이 아니기에 알아보는 것은 요원했다. 자신의 정체를 알아보려는 모습에 로즈가 차가운 목소리로 대답했다.

　"그게 중요한가?"

"…바로 가겠습니다."

검을 세우며 말을 하는 모습에 로즈가 작게 고개를 끄덕였고, 가볍게 호흡을 고른 그윈의 신형이 그녀를 향해 쇄도하기 시작했다.

까앙!

푸른 오러가 검을 타고 뿜어지는 순간, 로즈의 검과 충돌하며 요란한 폭음이 울려 퍼졌다.

그윈은 이미 마스터로 인정받는 검사. 그에 반해 로즈는 알려진 바가 없었으나, 한차례 공방을 주고받는 것만으로 그녀가 마스터 이상이라는 걸 알 수 있었다.

'쉽지 않겠군.'

정체 모를 여인이 도시에 분탕질 치는 것을 두고 많은 이야기가 오갔다. 그러다 엑스퍼트 최상급마저 제대로 된 저항을 하지 못하자, 그윈이 직접 상황을 파악하기로 결정을 내린 것이다.

그런데 제압은커녕 제대로 상대조차 할 수 있을지 장담하기 힘들었다.

'망신을 당하는 건가? 하긴, 내 주제에 언제부터 채면을 차렸다고.'

매번 마블론에게 박살 나고, 렉스터 남작에게 당하는 것이 자신의 일과가 아니던가? 이제 좀 사정이 나아졌다고 더 나아질 궁리만 하는 것은 성미에 맞지 않았다.

날카롭게 벼려진 푸른 오러가 사방으로 뿜어지면서 로즈를 공략했다.

하지만 그녀의 검이 큰 궤적을 그리면서 그원의 오러를 모조리 튕겨냈다.

터덩! 텅!

오러를 운용한 기교는 전혀 먹혀들지 않았다. 자신의 공격이 통하지 않는 로즈를 보며 그원의 눈이 차갑게 가라앉았다.

그와 동시에 오러보다 날카로운 검격을 통해 로즈를 공략하기 시작했다.

그녀의 약점이 무엇인지 단번에 파악한 것이다.

카각! 카가각!

허를 찌르는 집요한 공격에 로즈의 몸이 흔들렸다. 뒤이어 곧장 공격을 퍼붓던 그원은 눈을 빛내며 보다 빠르게 검을 휘둘렀다.

'개싸움은 약하다는 거지?'

웅혼한 그녀의 마나는 제대로 된 공격이 먹혀들지 않았다.

하지만 순수한 검의 운용이라면 이야기는 다르다. 어떠한 이유인지 모르나 그녀는 온전한 힘을 발휘하지 않고 있고, 검술의 기교로 겨루고 싶다면 그에게 주어진 기회는 바로 지금뿐이다.

[이거야, 이렇게 철저히 실전으로 단련된 힘이 많은 걸 깨닫게 해줄 수 있이!]

율리아도 환희에 찬 목소리로 외치며 로즈에게 실전 같은 대련을 할 것을 주문했다.

연신 검을 주고받던 그녀도 오러의 힘을 제외한 검술 대결에서 자신이 밀리는 것을 깨달을 수 있었다.

'내 실력이 이 정도밖에 되지 않는다고?'

[검술 자체는 당신이 더 좋답니다. 하지만 그것을 응용하는 여부는 차이가 발생할 수밖에 없지요. 결국 그동안 겪어온 실전의 무게지요.]

'실전의 무게……'

지금 이 순간 그것이 확 와 닿는 게 느껴졌다. 그만큼 그원의 검술은 정석과 사도를 넘나들면서 로즈를 괴롭히고 집요하게 따라붙었다.

그것은 오러를 운용하지 않고서는 벗어나기 힘들 만큼 강했다.

"후우!"

가볍게 숨을 내쉰 로즈의 두 눈은 형형한 빛을 발하고 있었다. 오늘의 고전은 앞으로 발전을 위해 충분한 자양분이 될 듯했다.

하지만 이대로 패배를 겪을 생각은 어디에도 없었다.

어디까지나 수세에 몰렸던 것은 검술만 활용했기 때문이지, 자신의 내부에 꿈틀거리는 웅혼한 힘은 그대로 존재하고 있었으니 말이다.

우웅! 콰콰콰콰!

폭발적으로 주변에 발산되는 힘은 불안한 예감을 현실로 만드는 힘을 지니고 있었다.

그제야 진실을 깨달은 그윈의 표정이 한껏 찌푸려졌다.

"역시, 처음부터 전력을 다한 것이……."

"내게 필요한 건 실전 경험이었으니까."

쩌엉!

검과 검이 충돌하는 순간, 그윈은 술에 취한 사람처럼 비틀거리며 물러났다. 방금 전 충격을 해소하지 못한 채 손아귀에서는 피가 흘러내리고 있었다.

힘을 마음껏 운용하는 로즈의 무위는 방금 전과 차원을 달리했다. 벼락처럼 연이어 덮쳐오는 강렬한 힘은 견뎌내기 힘든 수준이었고, 힘과 힘의 배합이 절묘하여 도저히 틈을 찾을 수 없었다.

쾅!

"큽!"

검과 검이 다시 한 번 충돌하자, 억눌린 신음이 입가를 비집고 흘러나왔다. 온전하지 못한 몸으로 인해 손아귀가 찢어지고 말았고, 거센 충격을 해소하지 못한 채 내상을 입은 그 윈은 자리에서 무너졌다.

완벽한 패배임에도 그윈은 실망하지 않았다. 늘 패배를 겪어왔기에 익숙했고, 무엇보다 상대에게 한 방 먹이겠다는 의도는 보기 좋게 성공을 한 것이다.

소문이 자자한 미인인 그녀의 얼굴을 본 순간, 그윈의 얼굴에 경악이 번졌다.

"다, 당신은? 로즈 공······."

내부에서 치미는 고통을 이기지 못한 그윈은 그대로 이성의 끈을 놓았다. 허망하게 무너지는 그를 바라보는 로즈의 표정은 딱딱하게 굳어 있었다.

[한 방 먹었네요.]

"······."

[하지만 얻은 게 많은 일전이랍니다. 실망하지 않아도 좋아요.]

"난 실망하지 않아."

[이제 시작이에요. 더 많은 경험을 몸에 축적하도록 하세요. 그건 당신의 피가 되고 살이 될 거랍니다. 그리고 종래에는 사랑하는 남자를 취할 수 있는 수단이 되겠지요. 분발하세요, 그리고 힘을 내세요!]

잔뜩 격앙된 율리아의 목소리를 들으며 그녀는 주먹을 움켜쥐었다.

그윈의 패배 소식은 로운 후작가에 커다란 충격을 안겨다
주었다

마스터이자, 미래에 절대강자 반열에 올라설 것으로 기대
되는 그가 패했다는 사실은 그들에게 있어 충격 그 자체였다.
하지만 더 놀라운 것은 그를 꺾은 이의 정체였다.

즉시 보고된 보고서를 받아 들고, 가문 전체 회의에 올라올
정도였다.

"로즈 공녀라⋯⋯."

"제아무리 대공의 딸이라고 하나 정도가 있는 법입니다.
그윈 경도 그렇지만 가문의 기사들 상당수가 부상을 입은 상
태입니다. 이대로 좌시해서는 안 됩니다."

가신 하나가 자리에서 일어나 경앙된 목소리로 말했지만
큰 호응은 얻지 못했다.

표면화되지 않았지만 로즈 공녀가 티엘을 사랑했던 사
실을 모르는 이는 이 자리에 없다고 해도 무방했다.

"그윈의 부상 정도는 어떻지?"

"내상을 입었지만 피해는 경미합니다. 한 달 정도 요양을
하면 될 듯싶습니다."

"그리 큰 부상은 아니로군. 손속에 사정을 두었다고 볼 수

있다."

"……."

그의 말 한마디는 잠정적으로 결론을 내린 것과 같았다.

하지만 가문의 체면을 고려하는 가신들의 얼굴에는 불만족이 서렸다.

이대로 그냥 둔다면 로즈 공녀의 위명은 높아지겠지만 로운 후작가의 이름은 땅바닥에 곤두박질 칠 수도 있었던 것이다.

"그렇다고 이대로 넘어갈 수 없는 일이겠지."

"맞습니다."

"옳은 말씀입니다."

곳곳에서 터져 나오는 찬성 소리 안에서 티엘이 한 남자에게 시선을 고정했다.

"렉스터 남작."

"예, 주군!"

"오랫동안 아끼던 수하가 당했다. 상관으로서 복수를 해줘야 하지 않나?"

"신에게 맡겨주신다면 로즈 공녀와 겨뤄보고 오겠습니다."

"허락하겠다."

렉스터 남작이 로즈 공녀를 상대하는 것이 결정되자, 가신들 사이에서 팽배하던 불만도 거짓말처럼 사그라들었다. 같은 마스터의 반열이었지만 그윈과 렉스터 남작 사이에는 비교할 수 없는 큰 간극이 존재했다.

"레스터 남자님이라며……"

"로즈 공녀도 더 이상 버텨내지 못하겠군."

"……"

웅성거리는 그들을 보며 티엘은 아무 말도 하지 않았다.

그의 전신에 기이한 위화감이 감돌고 있었다.

다음 날, 렉스터 남작도 로즈에게 당했다는 사실이 전해졌다.

아무런 수도 써보지 못한 채 처참하게 무너진 것은 한 편의 참극과도 같았다. 절대강자에 근접한 그가 이렇게 무너질 줄 몰랐던 가문은 소란에 휩싸였다.

로즈 공녀는 아직 서른이 되지 않은 나이였다. 그 어린 나이에 절대강자에 근접한 마스터까지 상대할 정도면 그 무위는 이미 절대강자에 도달했다고 봐도 무방했다.

그리고 렉스터 남작의 증언이 이어졌다.

"제가 본 로즈 공녀는 절대강자였습니다."

그 압도적인 강함은 절대강자라는 생각이 확고하게 만들었다.

티엘은 마블론을 호출하여 그의 의사를 물어보았다.

"마블론, 가볼 생각이 있나?"

"예, 새로운 절대강자라면 한 수 견식해 보고 싶습니다."

"좋다."

절대강자와의 대결은 많은 것을 깨닫게 해주는 계기가 된다.

티엘의 허락을 받은 마블론은 다음 날, 즉시 로즈를 찾았다.

그리고 검을 겨루는 순간, 그가 자신을 이곳으로 보낸 이유를 깨닫게 되었다.

"…대체 이 힘은?"

"그걸 설명할 이유가 없는데요."

냉정한 그녀의 목소리에 마블론은 쓴웃음을 지으며 고개를 끄덕였다.

"하긴, 틀린 말은 아니로군. 자신의 비기를 친절하게 설명해 줄 이는 없지."

대결의 처음은 전력을 다한 공방의 연속이었다. 하지만 로즈는 철저하게 자신의 수를 감췄고, 마블론은 그것도 모른 채 서서히 그녀의 페이스에 말려들었다.

그리고 아낌없이 퍼붓던 오러의 양이 끝을 보이는 순간, 로즈의 공세가 시작되었다.

"결국 목표는 주군이로군."

"저는 그분이 직접 찾아오길 원해요."

"하지만 주군을 뵙는 건 쉬운 일이 아닐 것이오."

"이제서요?"

"클레디오 백작님을 뛰어넘어야만 그분을 뵐 수 있을 테니 말이오."

"……."

확신 섞인 그의 말에 로즈는 잠시 침묵했다. 하지만 그것은 오래 이어지지 않았다.

"오히려 원하는 바예요. 한 번 자웅을 겨뤄본다면 제가 왜 후작님과 대결을 희망하는지 알게 될 거예요."

"그렇군, 오히려 기대되는 부분도 있으니까… 내 부족함만 알게 되어 씁쓸하군."

그 말을 끝으로 마블론은 무너졌다. 절대강자마저 침몰시킨 로즈의 눈은 차분하게 가라앉아 있었다.

[대체 클레디오 백작이 누군데 그런가요?]

"그분이 나타나기 전 제국 최강의 검사로 꼽힌 인물이에요."

[제국 최강? 그렇다면 당신의 좋은 상대가 될 수 있겠군요.]

"그건 모르지만, 분명한 건 그도 인간의 한계를 벗어난 초인이라는 점이에요. 나는 내 힘을 믿고 있는 힘껏 전진할 뿐이에요."

[멋져요, 로스라면 가능할 거예요. 제가 응원할게요.]

"……."

굳은 표정의 로즈가 고개를 나직이 끄덕였다.

이제 멀지 않았다. 한 명만 더 넘는다면 그토록 보고 싶어 하던 그를 볼 수 있을 것이다.

단신으로 윈스터 후작군을 휘저은 클레디오 백작은 누군가의 말에 움직이는 인물이 아니다.

강력한 무위를 뽐낸 그는 로운 후작령으로 돌아온 뒤, 줄곧 휴식을 취하면서 검로를 구상했다.

그러던 중, 심상치 않은 실력자가 등장했다는 보고를 받고 시큰둥한 표정을 지었다.

"내가 왜 여자를 상대해야 하지?"

"보통 실력자가 아닙니다."

"그래 봤자 결국 여자다."

"마블론 경마저 꺾었습니다."

"…마블론을 꺾어? 이거 재미있군."

절대강자이지만, 오랫동안 검을 맞대면서 제법 강한 신위를 지닌 검사가 마블론이었다. 그런 그를 패배시킨 여자 검사의 등장은 흥미를 자극하기에 부족함이 없었다.

"로운 후작은 뭐라고 말했지?"

"한 번 상대해 보면 재미있는 경험을 하실 거라 말씀하셨습니다."

"재미있는 경험이라, 그렇다면 서질일 상황이 아니로군."

여자라는 말에 거절을 하려던 클레디오 백작은 입꼬리를 말아 올리며 고개를 끄덕였다.

재미있는 대결이 펼쳐질 것 같았다.

"상상 이상이군. 이 정도라고는 생각지도 못했는데."

처음 로즈를 본 클레디오 백작은 그답지 않게 감탄을 연신 흘렸다.

그만큼 그녀를 보고 느낀 감정은 이전의 것과 비교도 되지 않을 만큼 컸다.

"무슨 힘을 익혔지?"

"제가 말해야 할 이유가 있을까요?"

"그럴 테지. 어차피 검을 맞대면 다 밝혀질 거니까. 안 그래?"

"……."

로즈는 대답하지 않았다. 묵묵히 검을 들어 클레디오 백작을 상대할 준비를 할 뿐이었다.

하지만 클레디오 백작은 그답지 않게 저돌적인 모습을 보이지 않았다.

오히려 고개를 절레절레 저으면서 양팔을 들어 보이며 말했다.

"침착하라고. 난 아직 너와 대결을 벌일 생각이 없다."

"의미를 알 수 없네요."

"애초에 여자와 겨루는 걸 좋아하지 않는다. 그럴 생각도 없었고. 그저 마블론을 꺾은 것이 누구인가 궁금해서 온 건데, 상상 이상의 것을 봐버렸어."

입꼬리를 말아 올리고 웃는 그의 표정은 진심으로 유쾌해 보였다.

하지만 그 속을 알 수 없는 로즈로서는 미간을 찌푸린 채 날 선 눈으로 노려볼 뿐이었다.

"목적이 뭐지?"

"그걸 왜 말해야 하죠?"

"내가 도울 수 있다면 도울 거니까."

"…믿을 수 없어요."

"어차피 대결을 벌여봤자 이 공간 안에 국한될 것 같지도 않고. 주변을 다 파괴하면서 대결을 벌일 이유가 있나? 좀 더 근사한 자리를 마련해서 마음껏 힘을 발휘하고 싸우면 될 텐데."

입꼬리를 말아 올린 채 웃는 그의 전신에서 살벌한 기세가 피어나고 있었다. 로즈는 그에 위축되는 기미 없이 담담한 눈으로 그의 진심을 파악하려고 했다.

"말해봐라."

"료윤 황자은 만나고 싶어요."

"어렵지 않을 텐데?"

"그와 겨루고, 꺾고 싶어요. 그리고 그의 여인이 되고 싶어요. 제 목적은 그거 하나예요."

"하아, 그놈은 참 여복도 넘치는군. 고작 그 녀석의 여자가 되고 싶어서 이렇게 길을 돌아가? 하긴 그 녀석의 성격을 고려하면 이게 정답일 수도 있겠군, 좋다, 돕도록 하지."

황당한 표정을 지었던 클레디오 백작은 순순히 돕겠다는 말이 나왔다.

그녀의 얼굴에 놀라움이 서렸지만, 그는 전혀 개의치 않는 표정으로 대답했다.

"물론 이건 이야기가 잘됐을 때 나와 겨룬다는 제안을 받아들였을 때 해줄 수 있다. 그렇지 않다면 아무것도 하지 않고 물러나지."

"부탁드릴게요."

"좋아, 이제야 협상을 할 자세가 되었군. 직접 움직이도록 하지."

눈앞에 있는 로즈라는 여인은 자신이 상대하기에 최적의

상대였다.

당장 뼈가 녹도록 전투를 벌이고 싶은 마음이 가득했지만 그럴 수가 없었다.

이곳은 도시 한복판이고, 자신이나 그녀나 전력을 발휘하면 도시 절반 이상이 날아갈 수 있었다. 로운 후작을 위해서, 자신이 새롭게 자리를 잡은 이곳을 위해서라도 그럴 수는 없는 노릇이었다.

드래곤의 감각은 그녀가 가진 힘을 꿰뚫어 보았기에 미래에 대한 기약을 하는 것으로 아쉬움을 달랠 수밖에 없었다.

약속을 받은 뒤 망설이지 않고 물러나는 그를 보며 로즈는 가볍게 한숨을 내쉬었다.

여태까지 만난 이들과 차원을 달리하는 압도적인 힘은 그녀조차도 긴장하게 만들었다.

그것은 율리아 또한 마찬가지였다.

[대체… 저 사람은 뭐죠? 아니 정말, 인간이 맞는 건가요?]

"나도 저런 사람이라고는 생각지도 못했는데. 이건 정말 상상 이상이야."

[하아, 세상에 괴물이 많다는 건 알고 있지만 저 정도일 줄은. 대결을 벌이지 않은 것은 정말 다행이었어요. 만약 그랬다면 모든 밑천이 다 드러났을 거예요.]

블러드 로즈의 검술을 익히고, 정령력마저 손에 넣은 그녀의 무위는 누구도 상대할 수 없을 만큼 고강했다.

하지만 클레디오 백작과 겨룬다면 어떤 결과가 나올지 섣불리 짐작하기 힘들었다.

[그림 조금 전 그 인간보다 로즈가 상대하려는 남자가 더 강하다는 건가요?]

"율리아가 보기에는 어때?"

[도저히 그 정도로 보이지 않던데, 혹시 힘을 속이고 있는 건가? 아니, 아무리 속여도 내 눈을 피하기는 힘들 텐데, 이게 무슨…….]

"……."

경악 섞인 그녀의 말에 로즈는 조용히 침묵했다.

힘을 손에 넣었고, 누구도 꺾을 자신이 있었지만 클레디오 백작을 만난 순간, 그보다 더 강하다고 알려진 티엘을 상대할 수 있을지 그녀의 가슴 깊숙한 곳에 의문이 피어나고 있었다.

"한 번 만나봐야 할 것 같군."

"무슨 의미지?"

대결을 벌이지 않고 찾아와서 갑자기 만나야 한다는 말에 티엘이 의문을 드러냈다.

"그 여자가 왜 찾아왔는지 이유를 알고 있을 텐데?"

"이미 거절한 사안이다."

벌써 세 명의 부인이 있고, 그녀들만으로도 충분히 만족하는 티엘이었다. 로즈가 아무리 아름답고 고상한 무위를 지니고 있어도 받아들일 생각은 없었다.

"상대는 그렇게 생각하지 않는 듯한데?"

"어리석은 믿음이지."

"만약 그 여자가 널 꺾는다면?"

"그게 가능하다고 보나?"

낮게 가라앉은 목소리는 충분히 위협적이지만 클레디오 백작이 그것에 반응을 보일 리 없었다. 어깨를 으쓱한 그는 도발하듯 말했다.

"겨뤄보기 전까지 모르는 일이지."

"그렇게 높게 평가할 정도라니, 확실히 의외이긴 의외인가 보군."

"내가 상대해도 제압할 수 있을지 확신이 들지 않았으니까. 아마 만나면 재미있는 것을 보게 될 것이다."

"재미라……."

"처음부터 겨뤄볼 생각이었지만 상대가 만만치 않다 보니 그것도 쉽지 않더군. 개인적인 바람으로는 한 번 만나보는 걸 추천하지. 그래야 나도 원하는 걸 얻고, 너도 재미있는 걸 볼 수 있을 테니까."

"……."

그 말을 끝으로 클레디오 백작은 자리를 떠났다. 홀로 남은 티엘은 방금 전까지 그가 했던 말을 곱씹으며 조심스럽게 턱을 매만졌다.

티엘이 무슨 생각을 하고 있는지 아는 이는 아무도 없었다.

며칠이 지나도 후작가에서는 소식이 전해지지 않았다.

초조해질 법도 했지만 로즈는 조급함을 내지 않고 조용히 수련을 하는 데 모든 신경을 집중했다.

로운 후작령에서 대련을 하고 얻은 경험은 그녀에게 값진 것이었다. 지닌 힘을 더 적절하게 활용할 수 있으며, 실전 감각을 키워 나갈 수 있었다.

오늘도 수련 삼매경에 빠져 있던 그녀는 갑자기 찾아온 불청객 때문에 불편한 표정을 짓다가 이내 도착한 사람을 보고 환한 미소를 지었다.

"로즈."

"카롤리나!"

"정말 오랜만이야, 로즈!"

"그러게, 오랜만이네."

절친한 친구인 둘은 오랜만의 해우에 반갑게 인사를 나누었다. 하지만 늘 철없는 모습만 보아오다가 한결 차분해진 로즈를 보면서 카롤리나는 멈칫거렸다. 그러다 조심스럽게 그녀에게 물었다.

"정말 로즈 맞니?"

"그럼 내가 아닌 것처럼 보였어?"

"전하고 많이 달라진 것 같아서……."

"달라질 수밖에 없었어. 달라지지 않으면 버텨내지 못했을 것 같았으니까."

"…미안."

"미안할 필요 없어. 내가 선택하고 내게 닥친 결과인걸. 누구도 원망하지 않고 오히려 나 자신을 돌아볼 수 있는 계기가 되었어. 내게 미안한 감정을 느낄 필요 없어."

"그래도 미안해, 좀 더 신경을 써줬어야 했는데."

"……."

정중한 카롤리나의 사과에 로즈는 조용히 침묵을 지켰다.

자신이 실연을 당할 때 아무런 움직임도 보이지 않은 친구를 원망했던 것도 사실이다.

하지만 모든 일이 자신의 성급함과 부족함으로 벌어졌다. 그것을 친구에게 전가한다고 해도 결국 자신의 못난 모습을 부각시킬 뿐이었다.

그랬기에 카롤리나에 대한 원망은 조금도 없었다.

무겁게 가라앉은 분위기를 타파하고자 로즈가 미소를 지으며 말문을 열었다.

"아이를 낳았다고 들었어."

"응, 남자아이야."

"누구를 닮았니?"

"널 닮았어. 그래서 내심 안도가 되더라고."

농 섞인 그녀의 목소리에 로즈도 피식 웃음을 지었다. 그리고 고개를 끄덕여 동의를 표했다.

"다행이네."

"그렇지? 솔직히 그분을 닮으면 어떻게 될지 좀 걱정이 되더라고."

"압도적인 실력 때문이지, 사람을 사귀는 데에는 적합한 실력이 아니니까."

"나도 같은 생각이야. 그래서 교육하는데 신경을 쓰려고."

아이를 주제로 말문을 튼 둘은 과거에 함께 어울린 이야기를 주고받았다. 이때만큼은 어떠한 것도 얽매이지 않은, 예전의 친한 그대로 모습이었다.

하지만 각자 생각이 있고, 목적하는 바가 있는 이상 아무런 계산 없이 어울렸던 예전 이야기는 사치에 불과했다.

이런저런 이야기로 분위기를 화기애애하게 만들었던 카롤리나가 먼저 말문을 열었다.

"그럼 로즈 네 목적은 무엇이니?"

"난 그분의 곁에 있고 싶어."

"그것뿐이야?"

"지금은 그것만 생각하고 있어. 다른 걸 생각하기에는 내 처지가 좋지 않다는 걸 나도 알고 있으니까."

"…솔직히 사랑하는 남자를 공유하는 건 나도 원하지 않아. 하지만 로즈라면 양보를 할 수 있을 것 같기도 해. 나는 잘 모르겠어. 도움을 줄 수 없어서 미안."

"상재에 밝은 네가 이런 말을 하니 어울리지 않아. 나는 내 목표가 있고, 그걸 향해 달려갈 뿐이야. 어떠한 응원도, 비난도 원치 않아. 그저 조용히 지켜봐 줄 수 없겠니?"

"그거라도 괜찮니?"

"물론이지."

"응원할게."

"다행이야. 적어도 날 순수하게 응원해 줄 수 있는 친구가 있다는 게. 힘내도록 할게."

"응……."

전과는 확연하게 달랐다.

로즈와 대화를 나누면서 카롤리나는 그것을 실감했다.

예전에는 마냥 사람 좋고 천진한 아이였다면 지금은 끊고 맺음이 확실했다.

자신이 찾아온 것은 친한 친구의 방문 그 이상 그 이하도 아니었다. 그리고 로즈 또한 자신의 방문을 그것으로 국한시켰다.

"어느 게 옳은 일인지 모르겠지만, 부디 모두에게 좋은 방향으로 풀리길……."

그것이 돌아가는 카롤리나의 유일한 바람이었다.

이루어질 수 있을지 여부를 아는 사람은 아무도 없었다.

카롤리나가 돌아가고 며칠 후.

여느 때처럼 수련에 힘을 쓰던 로즈가 별안간 자리에 벌떡 일어났다.

[왔네요.]

"오셨어."

율리아도, 로즈도 느낄 수 있었다. 이곳으로 다가오는 한 남자의 기척을 말이다.

그것은 그녀에게 있어 절대 잊을 수 없는 것과 같았다.

목숨이 다해도 좋다고 생각할 만큼 사랑했던 남자. 그가 지금 자신을 향해 다가오고 있었다.

정면을 주시하고 있는 그녀의 눈으로 티엘이 들어오기 시작한다. 일전에 마주한 적이 있지만 그때와 지금 느끼는 감각은 판이하게 달랐다.

자신은 오로지 스스로 이룩한 무위만으로 그를 보고자 했고, 오랜 기간의 대결 끝에 마침내 직접 모습을 드러냈던 것이다.

"오랜만이군."

"네……."

하고 싶은 말투성이였지만 그것을 겉으로 드러낼 수 없었다.

작게 고개를 끄덕이며 대답하는 그녀를 무표정하게 바라보는 티엘에게서 어떠한 감정도 묻어나오지 않았다.

그 모습이 섭섭하게 여겨졌지만 그마저도 드러낼 수 없었다. 그만큼 그를 본 로즈의 마음은 복잡하게 헝클어져 있었다.

"저번에 내가 한 말을 기억하고 있나?"

"꺾어보라는 말인가요?"

"맞다, 나는 지금 내 생활에 만족을 느끼고 있다. 내 평온을 깨는 것은 그 누구라고 해도 원치 않는다. 그것이 제국제일미녀라고 칭해지는 여인이라고 해도 마찬가지다."

그래서 그는 달랐다.

모든 남자가 그녀의 미모를 접하고 눈에 띄게 동요를 겪는다. 그것은 여자에게 무심한 렉스터 남작이나 마블론도 마찬가지였다.

결정적인 순간 그들의 손속은 약해졌고, 로즈에게 독하게 굴지 못했다.

하지만 티엘이라면 그 모든 것을 무시해 버릴 만큼 강렬한 무심을 지니고 있었다.

그래서 더 끌렸다.

"그럼 결론은 산난하고."

"동감이에요. 방심하시면 안 될 거예요. 저는 그동안 제가 수련해 온 것이 헛되길 원치 않아요."

"그런가……."

자신감 넘치는 모습으로 볼 수 있지만 차분하게 가라앉은 로즈의 눈동자에는 어디에도 과신을 찾아볼 수 없었다.

지금 그가 보이는 감정은 진짜였다.

"재미있군."

입꼬리를 말아 올린 티엘이 작게 고개를 끄덕였다.

동시에 두 줄기 힘이 나타나며 허공에 충돌하기 시작했다.

제8장

협력 체제

로즈는 대륙 역사상 최강자 중 한 사람인 블러디 로즈의 마나 연공법과 검술을 익혔다. 그리고 그 힘을 정령력으로 개량하면서 힘의 순도를 극한으로 끌어올렸다.

실전 경험이 미진한 것을 제외하면 지닌 바 힘은 그 누구도 따를 수 없을 만큼 대단했다.

그리고 그동안 쌓아온 경험은 티엘을 상대하면서 곧장 성과로 드러냈다.

슈악!

사각을 비집고 들어가는 블러디 로즈의 검법은 처음 상대할 때 누구든 고전할 수밖에 없다.

그리고 그 범주에는 티엘도 속해 있었다.

쩌엉!

힘과 힘이 충돌하면서 거센 폭음이 울려 퍼졌다.

"음."

티엘은 뒤로 물러나 충격을 해소했지만 사각에서 들어온 검격을 피하느라 완벽하게 흘려내지 못했다. 미간을 지그시 모은 그는 로즈를 바라보았으나, 그녀의 공격은 재차 이어지고 있었다.

쩡! 쩌엉! 쩡!

날카로운 폭음이 연이어 울려 퍼지면서 로즈의 맹공이 퍼부어졌다. 시야를 벗어나는 기괴한 공격은 삽시간에 그를 궁지로 몰아넣었다.

까앙!

더 이상 피할 곳이 사라진 순간, 티엘의 검이 로즈의 검을 막아냈다.

벌써 파악한 것인가?

그 생각이 머릿속을 스치는 순간, 그의 검이 허공에 떠올랐다. 그리고 사각을 노리는 로즈의 검술을 상대해 나가기 시작했다.

쾅! 콰광!

자유롭게 허공을 누비는 그의 검은 로즈의 검을 모조리 막아냈다. 손으로 잡고 직접 받아내는 것이 아니기에 육체적인 충격도 쌓이지 않고, 신체의 움직임에 구애를 받지도 않았다.

블러디 로즈의 검술을 상대하기 위한 완벽한 대응 방안.

그것을 알아차리다니 율리아도 감탄을 금치 못했다.

[이런 방법이…….]

"몸의 움직임은 한계가 존재하지만 허공에 있는 검은 사각이 없지."

"……."

첫 상대에게 무조건적인 우위를 점하는 검술이 힘을 쓰지 못하자 그녀의 얼굴이 빠른 속도로 굳어갔다. 그리고 더 맹렬한 속도로 검을 휘둘렀다.

하지만 허공을 유영하는 티엘의 검은 모든 것을 분쇄해 나갔다.

꽝!

오히려 역공을 허용하면서 뒤로 물러난 그녀는 검을 늘어뜨리며 가볍게 한숨을 내쉬었다.

[짧은 순간에 대응 방안을 모색하다니, 이건 예상치 못한 부분이에요. 하지만 걱정할 이유는 없답니다. 로즈, 당신이 지닌 힘을 믿으세요.]

'믿어야지. 믿지 않으면 내 존재 이유가 사라지니까.'

블러디 로즈의 검술은 무적이다. 그리고 정령의 힘은 화룡
정점을 찍었다.

상대가 누구더라도 베어버릴 수 있고, 절대적인 무위로 모
든 적을 분쇄한다.

이를 악문 로즈가 힘을 개방하는 순간, 분홍빛 기운이 전신
을 휘감기 시작했다.

콰콰콰콰!

폭발적인 염기가 발산되면서 남자의 마음을 거침없이 뒤
흔들었다.

"……."

그것을 바라보는 티엘의 눈이 가늘어졌다. 알 수 없는 기운
이 자신을 옭아매기 시작하더니, 그대로 오러를 흩어버리려
는 움직임을 보인 것이다.

의지를 가지고 파고드는 힘을 자각하고 제거하니, 다시 제
기운을 되찾았지만 끊임없이 파고드는 시도는 티엘의 신경을
적잖이 자극했다.

상대를 절대적으로 감화시키는 이 능력은 여태까지 만난
그 어떠한 힘보다 두려운 것이었다.

그 힘의 정체를 알아차린 티엘의 눈이 싸늘하게 가라앉았
다.

"매혹인가."

"후우, 이제 시작이에요."

"이 정도일 줄은. 정령의 힘을 얻었군."

"모두 당신을 뛰어넘기 위해서예요."

"영광이군."

블러디 로즈의 검술과 정령의 힘이 결합된 로즈를 상대할 인간은 없다고 봐도 무방했다.

하지만 그것뿐.

파아앗!

분홍빛 기운이 폭발적으로 비산하면서 티엘의 전신을 뒤덮었다. 조금 전과 비교도 할 수 없는 강렬한 매혹이 그의 기운을 모조리 흩어버리기 시작했다.

미의 정령이 지닌 절대적인 권능은 어떠한 남자라도 빠져나올 수 없는 유혹의 늪이었다.

[절대 빠져나올 수 없답니다, 후후!]

여유로운 율리아의 웃음처럼 로즈 또한 은연중 승리를 확신했다. 티엘의 몸으로 파고든 힘이 그대로 오러를 흩어버리는 걸 확인한 것이다.

'나의 승…….'

막 결론을 내리려던 그녀의 몸이 돌연 멈칫했다. 그리고 경악으로 부릅떴다.

"뭐야?"

"이건……."

거짓말처럼 그녀가 시전한 힘이 아지랑이처럼 흩어졌다.

파사사.

모래성처럼 부서진 분홍빛 기운 사이로 검 한 자루가 모습을 드러낸다. 그리고 그것은 정확하게 로즈의 마나 홀을 겨누고 있었다.

만약 티엘이 독한 마음을 먹었다면 로즈는 마나 홀이 파괴되어 그대로 거대한 힘을 제어하지 못한 채 폭주했을 것이다.

"내 승리로군."

"……."

지금 상황이 믿기지 않는 그녀로서는 답을 구하듯 티엘을 바라볼 수밖에 없었다.

가볍게 한숨을 내쉰 그는 고개를 좌우로 꺾으며 간단하게 설명했다.

"대단한 힘이군. 여태까지 이 정도 권능을 발현하는 존재는 본 적이 없다."

전생과 현생까지 무수히 많은 강자를 만난 그에게 있어 지금의 말은 극찬과 다를 바 없었다.

하지만 패배를 겪은 로즈에게 있어 그것은 전혀 위로가 되지 못했다.

"힘의 운용이 부족하다. 지니고 있는 힘은 무적에 가깝지만 이 정도 운용밖에 되지 못하다니. 날 모욕한 것이라고밖에 볼 수 없군."

"……."

아무 말도 할 수 없었다.

그만큼 자신의 승리를 확신했었지만, 티엘은 그보다 몇 수를 내다보고 있었다.

무적이라고 생각하던 자신의 힘도 한 줌 모래처럼 허망하게 흩어지니, 그 사이로 드러난 것은 힘만 믿고 날뛰던 철부지 어린애가 자리했다.

[완패네요. 이렇게 허를 찔릴 거라고는 생각지도 못했네요.]

율리아도 허탈한 목소리로 중얼거렸다. 티엘의 말은 간단했지만 그가 펼친 비기는 누구도 흉내 내지 못할 만큼 담대한 결과물이었다.

"이로써 결정이 되었군."

냉정하게 말을 끊은 티엘은 그대로 몸을 돌렸다.

말 그대로 로즈를 꺾은 이상 그녀에게 줄 관심은 없었다.

하지만 로즈는 이대로 포기할 수 없었다.

오로지 지금 이 순간을 위해 준비해 왔는데, 이대로 허망하게 그를 보내는 것은 있을 수 없는 일이다.

"언제, 언제 다시 도전할 수 있나요?"

"그런 약속이 있었나?"

"그렇지 않으면 난, 나는……."

[진정해요, 로즈! 평상심을 찾지 못하면 힘이 폭주할 수 있어요!]

말끝을 흐리는 로즈의 전신에 강렬한 기운이 발산되고 있었다. 단기간에 쌓아올린 막대한 힘은 한 차례라도 평정심이 흩어지면 무너질 수 있을 만큼 위태로웠다.

특히 지금처럼 굳게 믿고 있던 것이 무너질 때, 충격이 커지면서 마나 폭주가 오는 일은 한두 차례가 아니었다.

율리아의 말이 뇌리에 울렸지만 로즈의 평정심은 회복되지 않았다.

"……."

티엘은 그 모습을 묵묵히 바라보았다.

자신에게 오고자 했던 여인이 처참하게 무너지는 광경은 절대 유쾌하지 않았다.

그렇다고 마음이 시키지 않는 상황에서 그녀를 받아들이는 일이 과연 옳은가?

그것도 확신할 수 없었다.

한 가지 분명한 것은 이대로 폭주하는 것은 모두에게 불행한 결과를 낳을 수 있었다.

그가 그녀에게 손을 뻗는 순간, 푸른 기운이 사방으로 퍼지면서 몸으로 흡수되었다.

정령의 힘이라고 해도 그 근간은 마나에 있었다. 따뜻한 마나에 전신을 맡긴 로즈는 이루 헤아릴 수 없는 편안함을 느끼면서 조금씩 평정심을 되찾아갔다.

그것은 말로 표현하기 힘든 신비 그 자체였다.

"더 기회를 주길 원하나?"

"…네."

오로지 그것 하나밖에 없었다. 간절함이 담긴 그녀의 목소리에 생각에 잠겨 있던 티엘이 타협안을 내놓았다.

"그럼 일 년에 한 번씩, 날 꺾을 기회를 주겠다. 때가 되면 날 찾도록. 그리고 나에 대한 마음을 접으면 나타나지 않으면 된다."

"난 절대 포기하지 않아요. 이렇게 된 이상 무슨 수를 써서라도 당신이 날 받아들이게 만들 거예요. 이건 제 모든 의지예요."

"좋을 대로 하도록."

날 선 목소리였지만 대답을 하는 티엘의 목소리는 무심했다.

인상을 찌푸린 로즈는 한숨을 푹 내쉬고는 몸을 돌려 자리를 벗어났다.

완전히 사라졌을 무렵, 딱딱하게 굳어 있던 티엘의 표정이 거짓말처럼 풀렸다.

그의 입기에 옅은 미소가 자리했다.

"지금은 미숙하지만 그것을 경험으로 채워 넣었을 때 쉽지 않겠군. 무료하던 순간에 나타난 새로운 자극인가."

로즈의 집착이 만들어낸 결과물이지만 티엘에게 있어 결코 나쁘지 않았다.

물론 로즈에게 있어서는 그동안 이뤄놓은 모든 것을 다시 재점검해야 하는 계기였다.

혜성처럼 나타났다가 사라진 로즈에 대한 언급은 여러 차례 이어졌지만 제국의 정국이 혼란의 소용돌이로 빠져들면서 그 소문은 빠른 속도로 지워졌다.

제국 북부는 그리퍼와 레임 두 패로 나뉘어 매일 치열한 전투를 벌이고 있었으며, 레디븐 백작은 영지에 틀어박혀 전력을 가다듬기에 여념이 없었다.

그러는 사이, 그동안 숨을 죽이고 있는 아스트롱 공작가가 움직였다.

그들의 목표는 바로 라이오너 후작령!

얼마 전까지 레디븐 백작의 휘하에 있다가 황도에 밀려나면서 무주공산이 된 그곳을 차지하기 위해 군을 움직인 것이다.

영지를 하나로 이끌어줄 맹주의 부재는 라이오너 후작령이 허망하게 무너지는 단초를 제공했다.

총사령관을 맡은 오비에른은 파죽지세로 군을 진군시켰고, 불과 한 녈 민에 옛 라이오너 후작령을 모조리 차지하는 쾌거를 거둘 수 있었다.

이 모든 것을 주재한 것은 클리멘트 남작이었다.

그는 히드로 2세가 권력을 장악하면 가장 먼저 눈을 돌릴 곳이 공백지인 라이오너 후작령임을 알았고, 헤수스 남작과 힘을 합쳐 아스트롱 공작가를 움직였다.

결과는 대성공이었고, 히드로 2세는 서쪽으로 아스트롱 공작가, 남쪽으로는 로운 후작가를 상대하는 구도가 만들어졌다.

먼저 선수를 빼앗긴 것에 분노하겠지만 결과물을 챙긴 이상 함부로 건드리는 것은 힘들 터였다.

특히 이번 작전은 헤수스 남작에게 새로운 세계의 경험과 같았다.

"이런 식으로 움직이면 됩니다."

"…이런 방식이라니, 상상도 못했습니다. 휘하 가신에게 모든 작전권이 주어지다니."

클레디오 백작을 움직여 윈스터 후작을 죽이고, 제국 북부를 혼란으로 몰아넣은 토릭슨도 대단했지만 히드로 2세를 견제하고, 아군의 세력을 키우는 클리멘트 남작의 계책도 결코 떨어지지 않았다.

곁에서 보조한 것이 전부였지만 헤수스 남작도 욕심이 생겨나는 것을 느꼈다.

자신 또한 머릿속으로 구상한 작전을 펼쳐 보여 큰 공을 세우고 싶다. 그리고 세상을 향해 자신의 이름을 일려 헤수스라는 귀족이 있음을 증명하고 싶었다.

물론 다른 이들도 호락호락하지 않으나, 능력을 펼치고 싶은 욕망은 어쩔 수 없었다.

"영지의 전반적인 사안을 파악하고 계신다고 들었습니다."

"확실히 쉽지는 않습니다."

"그래서 당분간 저와 움직이시면 됩니다. 제가 이번에 계획하는 것은 제국 북부의 완전한 분열입니다."

"북부의 분열이라, 매력적인 계책일 것 같습니다."

위클린 공작가에 있을 때 이런 계책을 시행할 생각이나 있었을까.

헤수스 남작의 입가에 번지는 미소를 보며 클리멘트 남작이 말했다.

"가장 필요한 것이 헤수스 남작님의 도움이기도 하지요."

"최선을 다하겠습니다."

"잘 부탁드리지요."

둘은 서로 협력을 약속하며 즐거운 웃음을 터뜨렸다.

위이이잉!

요란한 종소리가 울려 퍼지면서 저택이 비상경계 태세가 되었다. 강렬한 마나가 연신 파장을 일으키며 주변에 퍼져 나갔고, 곧장 티엘을 향해 보고가 올라갔다.

"주군!"

"경계태세를 해제하도록."

"하, 하지만……."

"날 보러온 손님이다. 무례를 끼치지 말도록."

"옛!"

누구의 명령인데 감히 토를 달 수 있을까. 예를 취한 기사들이 물러나고, 빠른 속도로 경보는 해제되기 시작했다.

"왔군."

적막이 감도는 가운데, 티엘의 앞으로 두 인영이 모습을 드러낸다. 한 명은 붉은 머리의 중년인이었고, 다른 한 명은 아름다운 녹빛 머리의 엘프였다.

그들은 얼마 전 티엘과 만남을 가졌던 베레아스와 제스피 아리스였다.

"그동안 잘 지냈는가."

티엘은 가볍게 고개를 끄덕이는 것으로 대답을 대신했다. 그리고 제스피아리스를 바라보니, 그녀는 가늘게 뜬 눈으로 티엘을 바라보다가 고개를 확 하니 돌렸다.

"왜 저러지?"

"허허, 이해하게. 자네 덕분에 복잡한 구설수에 휘말렸었으니."

"애초에 신경도 쓰지 않았으니 이럴 필요도 없겠지."

"……."

무관심한 그의 말에 제스피아리스의 표정이 일그러졌다. 하나부터 열까지 도통 마음에 드는 면이 없는 녀석이었다.

"이곳에 왔다는 건 어느 정도 결심이 섰다는 것을 의미하겠군."

"맞다네. 자네 덕분에 정적이던 드래곤 사회가 오랜만에 격렬하게 들끓었지. 모든 이가 데어버릴 정도로 아주 뜨거웠어."

"저는 저 인간의 말이 진실이라고 생각하지 않아요."

"이미 결론이 났는데 말을 바꾸는 것은 옳지 않아."

"그래도……."

한숨을 푹 내쉬는 제스피아리스를 보며 티엘이 입꼬리를 말아 올렸다.

드래곤의 성향을 알고 있다면 일이 어떻게 돌아가고 있는지 깨닫는 데에는 오래 걸리지 않았다.

"자신이 벌인 일이니 직접 해결하라고 한 건가?"

"…그, 그걸 어떻게?"

"개인주의적인 드래곤 성향을 피아해 보면 어렵지 않지."

정확하게 짚어내는 티엘의 통찰력에 제스피아리스는 표정을 일그러뜨렸다. 하나부터 열까지 마음에 드는 부분이 하나 없는 인간이었다.

"정확하게 보았지. 자네를 가장 먼저 만난 것이 제스피아리스인만큼 일을 해결하고 따라다니는 것도 그녀의 몫이 되었네."

"드래곤들의 의견은?"

"반반이네."

"반반?"

"드래곤은 마족이나 천족 모두 좋아하지 않지. 중간계를 호시탐탐 노리는 적을 제거하는 것은 나쁘지 않다고 여기지만 도리어 둘이 힘을 합쳐 중간계를 공격할 것도 염두에 두어야 한다는 의견이 나왔지. 우리는 인간인 자네의 말을 믿고 일족의 운명을 걸 수는 없으니."

"……"

일리가 있는 말이었다. 마족과 손을 잡는 것도 파격이었지만, 직접 마계의 문을 연다는 발상은 드래곤에게 불가능한 것이었다.

"그래서 제스피아리스가 곁에서 모든 것을 지켜볼 걸세. 필요한 것이 있으면 그녀에게 부탁하면 될 테니 마음껏 말하게나."

인상 좋은 웃음을 짓는 베레아스였지만 그의 검은 속내를 티엘이 눈치 못 챌 리 없었다.

제스피아리스는 일종의 감시자였다. 그녀로 하여금 티엘의 모든 동선을 꿰고 있겠다는 말이기에 그로서는 그다지 반길 만한 일이 아니었다.

자연히 그의 음성이 싸늘해졌다.

"그래도 마계의 문을 열어야겠다면?"

"내가 이렇게 말을 하는데 끝까지 자존심을 굽히지 않겠다는 건가?"

"이제 곧 죽을 드래곤이 자존심을 꼿꼿하게 세우는 것도 우습다고 여겨지는데."

"맹랑하군. 그리고 점점 주제를 넘고 있어."

티엘을 바라보는 베레아스의 눈이 싸늘하게 가라앉고 있었다. 하지만 마주 선 그의 얼굴에는 전혀 두려움이 서리지 않았다.

"그 정도 자신감도 없었다면 내가 왜 널 찾아갔을 거라고 생각하지? 늙어서 상황 판단도 제대로 못하는 것인가."

"좋군. 그렇게 말을 할 실력이 있길 바라지."

베레아스도 더 이상 친절함을 가장하지 않았다. 사나운 레드 드래곤의 면모를 가감없이 드러내자, 티엘이 간단하게 말했다.

"자리를 옮긴다."

"이동!"

외침이 터져 나오자 셋의 몸이 빛에 휩싸이더니 그대로 자취를 감추었다.

그들이 이동한 것은 대륙 최북단의 외지였다.

인간의 걸음으로 몇 달은 족히 걸릴 만한 거리였지만 드래곤의 웅혼한 마나는 어떠한 어려움도 없이 공간 이동을 가능케 했다.

"오만함에 어울리는 실력을 보여주길 기원하지."

"늙은 드래곤 하트는 어떨지 보도록 하지."

콰우우우!

날 선 베레아스의 기세가 퍼져 나가자 흉폭한 외침이 사방에 터져 나왔다. 모든 것을 어그러뜨리는 드래곤의 기세는 인간이 갈고닦는 것과 차원을 달리했다.

오랜만에 전신의 감각을 자극하는 드래곤의 기세는 티엘로 하여금 웃게 만들었다.

로즈도 그렇고, 눈앞의 늙은 드래곤도 자신의 기대를 배반

하지 않았다.

콰이아아아!

티엘의 위로 거대한 불바다가 형성되어 덮쳐왔다. 화끈한 열기가 당장 전신을 태워 버릴 듯 강렬하게 일렁이는 기운을 보며 입매를 비틀었다.

"어린아이 같은 장난은 사양하지."

서걱!

하늘을 가득 뒤덮은 불바다가 순식간에 두 동강이 났다. 가히 하늘마저 갈라 버리는 검격에 눈을 부릅뜬 베레아스는 더 강한 힘을 발휘했다.

레드 드래곤과 가장 친숙한 속성은 불꽃이었고, 이들의 불꽃은 세상의 모든 것을 녹여 버릴 만큼 강렬했다.

콰앙! 쾅! 콰과광!

연신 쏟아지는 불바다가 삽시간에 주변 대지를 강타하며 생지옥으로 만들었다.

중앙에 선 티엘은 어떠한 동요도 없이 검을 휘둘렀다. 공간검의 묘리가 발휘되는 순간, 모든 제약을 무시하고 베레아스를 노리고 들어갔다.

쩌엉! 콰직!

베레아스를 뒤덮고 있던 붉은 방어막에 금이 가며 그대로 부서졌다. 공간검에 대비하고 방어에 임하고 있었지만 그 위력이 만만치 않았던 것이다.

"…놀랍군!"

"한 번이라고 한 적은 없는데."

팡!

섬뜩한 파열음과 함께 방어막이 깨지고, 베레아스를 공격했다.

황급히 불꽃을 일으켰지만 공간검의 여파를 해소하지 못하고 그대로 오른팔이 갈가리 찢겨졌다.

"허허!"

"장난은 그만하지."

뒤로 물러나 웃음만 짓고 있는 베레아스를 보며 티엘이 눈살을 찌푸렸다.

처음부터 화를 냈던 것이 자신의 실력을 견식하기 위함이란 걸 모를 리 없었다. 눈으로 직접 보기 전에 믿지 않는 그의 성격은 티엘의 실력에 의심을 갖게 만들었고, 시험하게 만들었다.

"알고 있었는가?"

"몰랐다면 상대하지도 않았겠지."

"틀린 말은 아니로군."

고개를 끄덕인 베레아스의 손이 다시 돋아났다. 폴리모프를 하고 있는 그들에게 머리 부위를 제외한 모든 신체는 언제든지 재생이 가능했다.

"소감은?"

"예상을 뛰어넘고 있다는 걸 알겠네. 아직 여러 의문이 있지만 실력이 부족한 채 떠들기만 하는 애송이가 아니란 건 알았으니."

"후한 평가로군."

"드래곤에게 이 정도 평가는 극찬이라고 봐도 무방하네."

그의 말에도 불구하고 티엘은 가볍게 어깨를 으쓱하는 걸로 대답을 대신했다.

자신에게 우호적인 베레아스는 앞으로 드래곤을 설득할 때 유용한 패가 되어줄 것이다. 지금 이 자리에서 그를 죽이는 것은 불필요한 소모였다.

"그리고 이 녀석과 같이 다니는 것도 싫군."

"누, 누구는 좋아서 있는 줄 알아?"

베레아스가 한 방 먹은 것을 보고 놀라던 제스피아리스가 표정을 와락 구겼다.

"드래곤이 곁에서 보좌하는 게 왜 싫은가."

"대놓고 감시하겠다는 의도가 불순하게 여겨지니까."

"그렇게 느낄 수도 있겠군. 하지만 우리에게도 가볍지 않은 일이니 이해해 줄 수 없겠는가? 마계의 문을 여는 것을 우려하는 드래곤이 많네."

"이 제안을 받아들이면 내게 무엇이 주어지지?"

드래곤은 철저한 이성으로 무장한 존재들이고, 무언가를 얻기 위해서는 무언가 지불하는 것을 당연하게 여겼다. 티엘의 물음에 베레아스는 고개를 절레절레 저으면서 앓는 소리를 냈다.

"속이는 것이 불가능하군. 그래, 무엇을 원하는가."

"내가 직접 말하는 것보다 상대가 언급하는 걸 듣는 게 즐거운 법이지."

"허허."

절대 당해낼 수 없었다. 웃음을 짓기 바쁘던 그는 여러 가지를 머릿속에 떠올렸지만 입으로 언급할 수 없었다.

얼토당토않은 것을 언급하는 순간, 계약은 파투 날 것이다.

"자네가 원하는 모든 것을 들어주지."

"모든 거라, 드래곤의 말이니 허언은 아니겠군."

"무언가?"

"소량의 드래곤 하트."

"……."

두 드래곤이 침묵에 빠질 만한 것을 티엘은 거리낌없이 언급했다.

티엘에게 원하는 것이 있는 베레아스로서는 그의 제안을

받아들일 수밖에 없었다. 조만간 드래곤 하트를 양도하겠다는 약속을 하고 돌아가니, 자리에는 제스피아리스와 티엘만 남게 되었다.

"앞으로 어떻게 할 생각이지?"

"우선 호칭."

"…뭐?"

"나는 제국에서 후작의 작위를 가지고 있다. 인간 중에서 최상위에 가깝지. 그런 내게 언제까지 반말을 할 생각이지? 드래곤이라는 걸 세상에 알릴 작정인가?"

"그, 그건 아니지만……."

"앞으로 날 영주님이라고 하도록."

"영주님?"

"대신 나는 수석 마법사라고 하지. 넌 내게 존대를 하도록 하고."

자연스럽게 하대를 하고, 상대에게는 존대를 요구하는 행태에 제스피아리스는 어처구니없는 표정을 지었지만 다른 수단은 없었다. 지금 모든 판의 열쇠를 쥐고 있는 것은 바로 티엘이었다.

"그리고."

"그리고 또 뭐? 아니, 뭐죠?"

맞춰주기로 한 이상 최대한 성실하게 그의 요구조건에 응하는 그녀였다. 잠시 그녀를 빤히 바라보던 티엘이 주변을 둘러보다가 말했다.

"우선 돌아간다."

"…좋아."

순백의 빛에 휩싸인 둘의 신형은 그대로 자취를 감추었다.

영지로 돌아온 티엘은 아무런 일이 없었다며 수습을 한 뒤 제스피아리스를 소개했다.

오래전 인연이라며 엘프 출신의 손님이 방문했다는 소식 하나만으로 도시 전체가 후끈 달아오르기에 부족함이 없었다.

인간을 원수로 여기는 엘프는 깊은 숲에 틀어박혀 만나보는 것이 거의 불가능한 종족이었다. 그들이 모습을 드러냈다는 것 하나만으로 화제가 되기에 부족함이 없었다.

반면, 인간 세계에 처음 나오는 제스피아리스는 인간들이 노골적으로 보내오는 관심이 불편했다. 한껏 인상을 찌푸린 그녀는 곧장 티엘을 찾아갔다.

"앞으로 어떻게 할 생각이지?"

"우선 마왕을 만나게 해주지."

"마왕이라고?"

"그럼 내가 거짓말을 한 거라 생각했나? 마왕은 만날 것이다. 그리고 마왕에게 말을 들어보고 객관적으로 판단해 보는 것도 나쁘지 않겠지."

"…확실히 나쁘지는 않겠어."

마왕에게 자세한 전말을 듣는다면 어떤 형태로든 결과를 낼 수도 있을 터였다. 고개를 나직이 끄덕이는 제스피아리스를 보며 티엘이 말했다.

"그때까지 영지의 수석 마법사가 되어줘야겠어."

"그래도 인간들의 관심이 많아서 싫은데……."

"그 정도도 감수하지 못한다면 돌아가야겠지. 자신에게 주어진 책임을 견뎌내지 못하는 드래곤은 처음 보는군."

"……."

사정없이 자존심을 후벼 파는 말에 제스피아리스는 표정을 굳혔다.

"좋아, 그 말을 받아들이지. 아니, 받아들이겠어요, 영주님. 제가 이 정도도 못할 거라고 생각했다면 아주 큰 오산입니다."

"세상에는 주제도 모르고 설치는 자가 많으니까. 말을 잘 알아들은 것 같으니 기쁘군."

"큭!"

당장에라도 한 대 쥐어박고 싶은 마음이 가득했지만 그럴 수 없었다.

눈앞의 상대가 쉽게 맞아줄 리 없을뿐더러, 마왕을 만나게 해준다는 제안 자체가 깊게 고민하도록 만들었다.

"그럼 앞으로 유의해야 할 것들을 말해주도록 하지."

의아한 표정을 짓는 세스피아리스를 향해 차분하게 설명을 이어나가는 그였다.

이야기를 듣는 제스피아리스가 눈을 빛내며 고개를 끄덕였다.

제9장
천왕 강림

"……."

눈을 감은 히드로 2세는 조용히 침묵했다. 그의 앞에 선 카이후도 조용히 입을 닫은 채 입을 열지 않았다. 하지만 시간 하나하나가 그에게는 억겁처럼 느껴질 만큼 지금 이 자리는 굉장히 불편했다.

"글리센 백작."

"하명하소서."

"정녕 제국은 방법이 없는 것인가?"

"그것은……."

히드로 2세의 말에 카이후는 아무런 대답도 할 수 없었다. 짙은 자괴감이 깔린 목소리에서 얼마나 상심이 큰지 알 수 있었던 것이다.

로즈가 떠난 뒤, 히드로 2세는 한동안 식음을 전폐할 만큼 큰 충격을 받았다.

그러다 얼마 지나지 않아 윈스터 후작이 죽었다는 말을 듣고 다시 한 번 충격을 받았다.

속마음은 다르더라도 윈스터 후작은 겉으로 히드로 2세를 지지하는 영주였다. 그의 존재가 내심 힘이 되었던 히드로 2세에게 있어 윈스터 후작이 죽고, 제국 북부가 둘로 나뉘어 연일 전투를 벌이는 것은 충격의 연속이었다.

"말해보라, 글리센 백작. 짐이 부덕하기 때문인가? 제국은 이미 국운이 기울었나?"

윈스터 후작가와의 연계도, 라이오너 후작령마저도 잃었다. 의욕적으로 추진한 끝에 권력을 손에 넣었지만 그 외에 놓친 것이 너무 많았다.

카이후는 실의에 빠진 히드로 2세를 일으켜야 할 필요성을 느꼈다. 이대로 황제가 주저앉는다면 제국은 그대로 무너질 것이다.

"아직 방법은 있습니다."

"무언가?"

"명분을 무시한 실리를 취하는 방법입니다. 바로 주인이 사라진 제국 북부 지방을 폐하께서 직접 병탄하시는 겁니다."

"윈스터 후작 경을?"

"그 또한 폐하께 충성을 바친 척했으나 폐하의 윤허도 없이 영지전을 벌여 영토를 확장했습니다. 이는 명백한 반란의 증거입니다. 폐하께서는 제국의 주인으로 마땅히 이 땅을 모두 회수해야 함이 옳습니다."

"제국 북부 지방……."

매력적인 단어에 히드로 2세는 저도 모르게 따라 중얼거렸다.

북부는 지금의 제국을 만들어준 토대로, 제국 문화의 본산이라고 해도 무방했다.

그곳을 점령하고 자신의 힘으로 삼을 수 있게 되면 제아무리 남부 지방을 틀어쥔 로운 후작가라고 해도 황가를 상대로 하는 것은 어렵게 된다.

"명분을 가져야 하는군."

"명분은 폐하가 가지고 계십니다. 그것을 어떻게 활용하는가가 관건일 뿐."

"결국 짐의 결정인가."

"결정을 내리셔야 합니다."

"…이것이 그대가 말하는 마지막 방법이겠지?"

"남부에는 로운 후직가, 서쪽에는 아스트롱 공작가, 동쪽에는 레디븐 백작이 있습니다. 지금 폐하께서 도모할 수 있는 유일한 곳이 북쪽입니다. 그것을 움켜쥐면 나머지 모든 것도 폐하께 굴복할 것입니다."

"좋다. 그대의 충언을 받아들인다."

"황공하옵니다."

주먹을 움켜쥐는 히드로 2세를 보며 카이후가 고개를 깊게 숙였다.

제스피아리스의 등장은 많은 이의 호기심을 사기에 충분했다.

그것은 아름다운 엘프와 친분이 있는 티엘에 대한 관심으로 이어졌다.

그녀가 뛰어난 마법사이며, 당분간 가문에 머물면서 도움을 줄 거란 사실은 긍정적이었지만 몇몇 사람은 우려의 눈빛을 보냈다.

혹여나 티엘이 그녀의 아름다운 미모에 반해 곁에 두려고 하는 것이 아닌가 하는 의심이었다.

그의 부인들은 여자에게 얼마나 무심한 남자인지 알고 있기에 곧장 의심의 눈을 거두었지만 어머니인 마리아는 달랐다.

티엘과 제스피아리스를 초대한 그녀는 조심스러운 어조로 질문을 던져왔다.

"지금까지 가문을 이끌어온 모습을 보면 아무런 잔소리가 필요 없을 정도라고 생각한단다. 하지만 이렇게 아름다운 분을 데리고 오니 솔직히 걱정이 된단다."

"전혀 그런 일은 없을 것입니다. 안심하셔도 좋습니다."

그 말 한마디가 믿음을 주기에 충분했지만 실비아는 고개를 절레절레 저었다.

"오라버니는 그렇게 말해도 주변의 시선은 그렇지 않다니까요."

"무슨 뜻이지?"

"이분이 너무 아름다워서 계속 의심을 살 수밖에 없다는 말이에요."

"흠. 그런 일은 절대 없다."

입가에 흐뭇한 미소를 짓고 있는 그녀를 본 티엘이 단호하게 말을 했다.

겉모습은 아름답다고 해도 어차피 폴리모프를 한 외형에 지나지 않았다. 본체는 성보다 더 큰 드래곤이었는데 어찌 매력을 느낄 수 있겠는가.

또 어찌나 깐깐한지, 사사건건 간섭을 해대는 통에 없던 정도 다 떨어져 나갔다.

무엇보다 그녀가 가증스러운 이유는 바로 지금 같은 행동에 있었다.

"칭찬에 감사드려요. 하지만 저와 후작 각하는 그런 관계가 아니니 안심하셔도 좋아요. 아름다운 부인과 귀여운 아이들이 있는데 어떻게 제게 신경을 쓸 시간이 있겠어요."

"하아! 마법사님도 이상한 거예요. 그렇게 아름다우시면서 오라버니와 같이 있는 이유가 뭔가요? 전 아무리 생각해도 이해할 수 없어요."

"오래전 약속이에요. 저는 정해진 기간 동안 후작 각하를 보좌하다가 조용히 숲으로 돌아갈 예정입니다."

"그래도요. 오라버니가 귀족인 이상 구설수는 피해갈 수 없어요."

"그럼 얼굴을 가리고 다닐까요?"

"그 얼굴을 가리는 건 죄인데, 어떻게 해야 할지 모르겠네."

머릿속이 복잡해진 실비아는 표정을 구기며 고개를 저었다.

"어쨌든 주의해, 오라버니! 사람들은 한 번 구실을 주면 사정없이 물어뜯으려고 할 테니까."

"알았다."

"칫!"

이 정도밖에 말을 할 수 없었던 실비아는 잔뜩 토라진 표정으로 고개를 돌렸다.

그 뒤에도 몇 마디 말이 더 오갔지만 티엘의 완고한 태도와 제스피아리스의 애매모호한 태도로 인해 대화는 더 오랫동안 이어져야만 했다.

"이렇게 하면 곤란에 빠뜨릴 수 있을 거라 생각했나?"

"저는 무슨 말씀을 하시는지 모르겠는걸요?"

티엘의 말에 그녀는 천연덕스러운 표정으로 반문했다. 하지만 얼굴에는 희미한 웃음이 묻어 있었다. 그녀가 무슨 생각을 했는지 짐작이 가능했다.

"바뀌는 건 없다. 일상에서 내게 곤란을 주려고 해도 손해를 보는 건 너니까."

"그렇다면 별수 없지요. 역시, 인간들은 책에서 본대로 겉모습에 현혹이 되는군요. 엘프의 얼굴을 선택한 것이 역시 정답인가."

싱긋 웃으며 얼굴을 매만지는 그녀의 미모는 눈부실 정도로 아름다웠다. 제국 최고의 미녀는 로즈로 꼽히는데, 제스피아리스가 공식선상에 모습을 드러낸다면 그에 견줄 만한 칭호가 하나 더 생길 것이다.

자화자찬을 해대는 그녀가 꼴 보기 싫었던 티엘이 가볍게 고개를 저은 뒤 말했다.

"바로 움직인다."

"어디로 가는 거죠?"

"마왕을 만나러."

"…마왕이라고요?"

"보고 싶어 했던 걸로 기억하는데. 이제 와서 말을 물릴 생각인가?"

"아니요! 오히려 간절히 바라던 바예요. 그들을 만나서 당신의 말이 사실인지 묻고 싶어요. 그리고 자세한 내막을 밝혀내고 말겠어요."

굳은 결의가 빛나는 그녀의 얼굴을 보며 피식 웃은 티엘이 고개를 끄덕였다.

"행운을 빌지."

켈그라인과 슈크라인은 최근 몇 년 동안 제대로 움직이지 못했다.

티엘과 충돌하면서 심각한 부상을 입은 슈크라인이 온전한 몸 상태가 되기 위해 총력을 기울였으나, 생각보다 부상이 더 심했던 것이다.

가까스로 몸을 회복했지만 이미 시간은 상당 부분 흘러 있었고, 그것은 둘을 다급하게 만들었다.

"마계의 문은?"

"아무래도 쉽지 않을 것 같군. 차원의 벽이 얇은 곳을 찾았지만 좌표를 연결하는 게 쉽지 않아."

"되는 일이 하나도 없군."

암울함이 깃든 말에 슈크라인이 표정을 일그러뜨렸다.

그들의 목적은 마계의 문을 여는 것이다. 하지만 그것을 성사시키기 위해서는 몇 가지 조건이 필요했는데, 그중 하나가 바로 차원의 벽이 얇아야 한다는 점이다.

그다음은 마계의 좌표와 일치를 해야 하는데, 차원의 벽이 얇은 곳은 마계 혹은 천계, 그리고 신계 중 한 곳과 유난히 가깝다.

이번에 발견한 장소는 천계에 가까운 장소였기에 포기를 해야 했다.

"그 녀석에게 한 설명도 효과가 없는 것 같고."

"천천히 지켜볼 일이지. 우리를 위해 움직여 주면 좋고, 아니더라도 천족과 나쁜 관계가 될 확률이 높으니까. 차근차근 진행하면 되겠지."

"……."

느긋한 켈그라인과 달리 슈크라인의 마음에는 다급함이 가득했다.

아무런 성과도 거두지 못하고 마계에 돌아가면 서열이 떨어지는 것은 당연하다.

대마왕, 나아가 미황의 자리까지 노리는 그에게 있어 마계의 문을 여는 임무 실패는 타격이 막대하다. 그러다 보니 느긋한 켈그라인의 태도가 마음에 들 리 없었다.

앞으로 일정에 대해 이런저런 대화를 나누는 사이, 강렬한 마나 파장이 일어났다. 정체를 알 수 없는 이들이 펼치는 공간 이동에 켈그라인과 슈크라인 모두 경계태세를 갖추었다. 그리고 이내 모습을 드러내는 티엘을 보며 기괴한 표정을 지었다.

"내가 반갑지 않나 보군."

"오랜만입니다. 이곳을 어떻게 찾아냈습니까?"

"마왕의 존재감을 찾아서 왔는데 다행히 내 짐작이 맞았나 보군."

천연덕스럽게 거짓말을 하는 티엘이었다.

그가 그들을 찾을 수 있었던 이유는 전생에서 마족들이 은신처로 삼던 비밀 공간 몇 개를 알고 있어서였다. 마족의 습성상 마왕도 이곳에 머물 가능성이 높다고 여겼는데, 아니나 다를까 세 번만 그들을 찾을 수 있었다.

"여전히 잘 지내나 보군."

"가장 큰 역할을 누가 했는지 잘 아시지 않습니까?"

"세상일이라는 게 그렇지. 그나저나 용건이 있어서 찾아왔다."

"무슨 용건입니까. 슈크라인은 좋지 않은 감정이 있음을 알아주십시오."

"그건 신경 쓸 일이 아니고."

"……."

대수롭지 않게 받아넘기는 티엘의 행동에 슈크라인이 날카로운 눈으로 티엘을 노려보았다. 하지만 직접적인 도발은 하지 않았다.

이대로 충돌을 하고 또다시 부상을 당하게 되면 차라리 역소환되는 것이 좋을 정도로 큰 타격을 입게 된다. 그의 힘을 겪어본 적이 있기에 함부로 움직이지 않았다.

"내가 온 이유는 간단하다. 여기 드래곤이 너희를 만나고 싶어 한다."

티엘이 공간 이동으로 모습을 드러낼 수 있었던 것은 바로 제스파이라스의 존재였다.

처음부터 그녀의 존재를 감지하고 있던 둘의 얼굴이 끄덕여졌다.

"윌급 드래곤이군."

"그린인가? 제법 온순한데."

"마왕……."

방금 전까지 티엘이 장담하긴 했지만 정말로 중간계에 마왕이 강림했을 줄 몰랐던 그녀로서는 멍한 표정으로 중얼거렸다.

그만큼 충격이 컸던 것이다.

"내게 했던 이야기, 다시 한 번 해줄 수 있나?"

"왜입니까?"

"운이 좋으면 드래곤의 협력도 얻어낼 수 있을 것 같아서."

"호오!"

천족을 상대하는데 드래곤의 협력까지 이어질 수 있다? 마족에게 있어 최상의 결과가 아닐 수 없었다.

"……."

그리고 켈그라인의 입에서 흘러나오는 두 종족의 구도는 제스피아리스가 집중하게 만들었다.

세이주 지방을 점령하면서 레디븐 백작은 헤셀 백작을 사로잡았다. 그리고 죽이지 않고 지하 감옥 깊숙한 곳에 가두어 놓았는데, 제법 풍족한 대우를 해주면서 그에게 필요한 정보를 얻어내고 있었다.

그중 가장 컸던 것이 윈스터 후작에 관련된 것이었다. 그걸로 큰 재미를 본 레디븐 백작은 헤셀 백작이 내민 커다란 미끼를 물었다.

바로 인간보다 더 뛰어난 존재를 소환하는 방법이었다.

헤셀 백작은 이것을 전하는 대신 한 가지 조건을 걸었다.

"날 쫓지 않는다는 약속은 기억해야 할 것이다."

"그러지."

윈스터 후작을 숙인 클레니오 백작을 보면서 레디븐 백작은 인간이 아닌 인외의 존재에게 힘을 받아야 한다는 사실을 깨달았다.

그렇다고 인간을 벌레처럼 여기는 드래곤에게 협력을 구할 수 없고, 사악한 마족에게 도움을 청할 수도 없는 노릇이었다.

헤셀 백작처럼 공적이 되어 멸망하지 않는다면 오히려 다행이었다.

하나씩 줄이다 보니 남은 인간 외의 존재는 하나였다.

바로 천족.

신의 사자라고 불리는 빛의 종족은 자신과 가문을 찬란한 영광의 길로 이끌어줄 것이라 여겼다.

그것은 근거 없는 확신에 가까웠지만 레디븐 백작은 자신의 생각을 굽히지 않았고, 헤셀 백작의 석방을 약속받아 방법을 전수받았다. 그리고 비밀리에 준비에 착수하여 천족 소환 의식을 마쳤다.

그가 건네준 것은 천족을 소환하는 마법진이었지만 레디븐 백작은 보다 고위 천족을 소환하고자 철저하게 준비에 준비를 거듭했다.

가장 먼저 천족이 더 강한 힘을 지니고 중간계로 올 수 있도록 차원의 제약이 적은 장소를 찾아냈다. 그리고 그들이 더 큰 힘을 쥘 수 있도록 신의 힘을 지닌 신물을 대대적으로 끌어모았다.

그렇게 마친 준비였기에 그의 얼굴에는 자신감이 가득했다.

극비리에 준비했기에 소환 의식에 임하는 것은 레디븐 백작 한 명이었다. 천족을 소환한 뒤, 협력을 얻어내고 티를 내지 않기 위해서는 주변의 이목에 자유로워질 필요성이 있었다.

우웅! 우우우웅!

마나를 주입받은 소환진이 거세게 요동쳤다. 레디븐 백작은 잔뜩 긴장한 얼굴로 마법진을 바라보며 간절하게 기원했다.

고위 천족은 인간의 기도에 반응을 한다는 말도 있었다. 레디븐 백작은 가장 찬란하던 자신의 시절을 떠올린 뒤, 그때로 돌아갈 수 있도록 최대한 강한 천족이 등장하길 기원하고 또 기원했다.

스파앗!

사방으로 폭사한 빛이 순간적으로 그의 눈을 멀게 했다. 연이어 쏟아지는 빛의 물결에 미간을 좁히며 여파가 가시길 기다렸다.

그리고 한참 뒤, 조심스럽게 눈을 뜬 그의 앞에는 순백의 기운에 휩싸인 아름나운 천사기 서 있었다.

새하얀 옷을 입고, 금발의 머리를 단정하게 묶어 올린 천사는 고결함이 절로 우러나오고 있었다. 잠시 주변을 둘러보던 천사는 이내 레디븐 백작에게 시선을 고정하며 입을 열었다.

"날 소환한 인간인가."

"그렇습니다. 위대한 존재의 성함을 알 수 있는 기회를 주십시오."

"내 이름은 알리사. 위대한 천계의 영토를 다스리는 군주 중 하나다."

천계에서 영토를 다스리는 군주라는 말이 의미하는 바는 하나였다.

마계의 영토를 다스리는 군주가 마왕이라면 천계에서는 천왕이다.

상상도 못한 성공에 멍한 표정을 짓던 레디븐 백작이 고개를 깊게 숙였다.

"천왕을 뵙습니다!"

"그대의 간절한 기도가 내게 닿았다. 순수한 욕망을 지닌 인간이여. 그대가 원하는 것은 무엇인가?"

"제 스스로 일궈낼 수 있는 부와 명예, 그리고 힘을 원합니다."

"부와 명예, 힘인가… 좋다. 그 소원을 들어주겠다."

"정말이십니까?"

"기대해도 좋다."

말을 하는 알리사의 입가에는 짙은 미소가 드리웠다. 그것이 천왕의 자애로운 웃음이라고 여겼지만 그 안에 깃든 검은 속내를 그는 눈치채지 못하고 있었다.

『레드 크로니클』 13권에 계속…

이 시대를 선도하는 이북 사이트

이젠북

www.ezenbook.co.kr

더욱 막강해진 라인업!
최강의 작가들이 보이는 최고의 재미.

이들의 "유료연재"가 시작됩니다!

김재한 『성운을 먹는 자』
홍정훈 『월야환담 광월야』
이지환 『어린황후』
좌백 『천마군림 2부』
김정률 『아나크레온』

태제 『태왕기 현왕전』
전진검 『퍼팩트 로드』
방태산 『완벽한 인생』
왕후장상 『전혁』
설경구 『게임볼』

검색창에 **이젠북** 을 쳐보세요! ▼ 🔍

HERO2300

FUSION FANTASTIC STORY 영웅2300

말리브 장편 소설

「도시의 주인」 말리브 작가의
특급 영웅이 온다!
『영웅2300』

돈 없는 찌질한 인생 이오열,
잠재 능력 테스트에서 높은 레벨을 받았지만

"젠장, 망했어! 되는 일이 하나도 없어!"

하필이면 최악의 망캐 연금술사가 될 줄이야!

그러나 포기란 없다.

최악에서 최고가 되기 위한
오열의 이야기가 시작된다!

Book Publishing CHUNGEORAM

유행이 아닌 자유추구 -
WWW.chungeoram.com

The Record of
Dragon's Return

재중
귀환록

푸른 하늘 장편 소설
FUSION FANTASTIC STORY

『현중 귀환록』, 『바벨의 탑』의
푸른 하늘 신작!

이계를 평정한 위대한 영웅이 돌아왔다!

어느 날 갑자기 찾아온 부모님의 죽음.
그리고 여동생과의 생이별.
모든 것을 감당하기에 재중은 너무 어렸다.
삶에 지쳐 모든 것을 포기할 때, 이계에서 찾아온 유혹.

"여동생을 찾을 힘을 주겠어요.
…대신 나를 도와주세요."

자랑스러운 오빠가 되기 위해!
행복한 삶을 위해!

**위대한 영웅의
평범한(?) 현대 적응이 시작된다!**

Book Publishing CHUNGEORAM

유행이 아닌 자유추구—
WWW. chungeoram.com

Explosive Dragon King Bahamut

폭룡왕
바하무트

GAME FANTASY STORY

몽연 게임 판타지 소설

가상현실 게임 포가튼 사가 랭킹 1위!
대륙십강 전체를 아우르는 폭룡왕 바하무트.

폭룡왕이라는 칭호를 「진짜」로 만들어라!

방법은 한 가지.
400레벨 이상의 라그나뢰크급 노룡
칠대용왕(七大龍王)이 되는 것.

어디에도 소속되지 않은 채 유유히 전장을 누빈다.
바하무트 앞에 펼쳐지는 새로운 게임 세계!

Book Publishing CHUNGEORAM

유행이 아닌 자유추구
WWW.chungeoram.com

Sanctum
생텀

이영균 판타지 장편 소설

FUSION FANTASTIC STORY

취재 현장에서 맞닥뜨린 녹색 괴물.
그리고 무혁은 한 번 죽었다.

**죽음에서 깨어난 무혁에게 다가온 것은
숨겨졌던 이세계, 생텀의 존재였다!**

현대에 스며든 악신 투르칸의 잔인한 손길.
생텀에서 온 성녀 후보 로미와 도멜 남작을 도우며
무혁의 삶은 점차 비일상에 접어드는데……

**이계와의 통로는 과연 우연인 것인가?
생텀(Sanctum)의
진정한 의미를 찾아라!**

Book Publishing CHUNGEORAM

유행이 아닌 자유추구
WWW.chungeoram.com

천산루
조도형 新무협 판타지 소설

FANTASTIC ORIENTAL HEROES

『궁귀검심』, 『장강삼협』의 작가 조돈형
그가 그려내는 새로운 이야기!

무림삼비(武林三秘)
천외천(天外天), 산외산(山外山), 루외루(樓外樓).

일외출(一外出), 군림천하(君臨天下)!
이외출(二外出), 난세천하(亂世天下)!
삼외출(三外出), 혈풍천하(血風天下)!

가문의 숙원을 위해, 가문을 지키기 위해
진유검, 무림의 새로운 질서를 세우다!

Book Publishing CHUNGEORAM

유행이 아닌 자유추구 -
WWW.chungeoram.com

현대백수 장편 소설

FUSION FANTASTIC STORY

간웅

뇌성벽력이 치는 어느 날!
고려 황제의 강인번을 들고 있던
어린 병사가 낙뢰를 맞고 쓰러졌다.

하지만… 다시 눈을 뜬 이는
현대 대한민국에서 쓸쓸히 죽은
드라마 작가 지망생.

**고려 무신 시대의 격변기 속에서 눈을 뜬 회생[回生].
살아남기 위해! 죽지 않기 위해!
그의 행보로 인해 고려는 서서히
변하기 시작하는데…….**

치세능신 난세간웅(治世能臣 亂世奸雄)!

격동의 무신 시대!
회생, 간웅의 길을 걷다!

Book Publishing CHUNGEORAM

 유행이 아닌 자유추구 -
WWW. chungeoram.com

절정고수들이 하늘 높은 줄 모르고 질주하는 현 세상.
서른여덟 개의 세력이 서로를 견제하는 혼돈의 시대.

그 일촉즉발의 무림 속에
첫 발을 디딘 어린 소년.

"나는 네가 점창의 별이 되기를 원한다."

사부와의 약속을 지키고
난세로 빠져드는 천하를 구하기 위해
작은 손이 검을 들었다!

박선우 新무협 판타지 소설 FANTASTIC ORIENTAL HE

풍운사일

Book Publishing CHUNGEORAM

유행이 아닌 자유추구 -
WWW.chungeoram.com

내일을 향해 쏴라

김형석 장편 소설

FUSION FANTASTIC STORY

1만 시간의 법칙!
'성공은 1만 시간의 노력이 만든다' 는 뜻이다.

그러나…
사회복지학과 복학생 수.
전공 실습으로 나간 호스피스 병동에서
미지와 조우하다.

1만 시간의 법칙?
아니, 1분의 법칙!

전무후무한 능력이 수에게 강림하다!
맨주먹 하나로 시작한 수의
인생역전이 시작된다!

Book Publishing CHUNGEORAM

WWW.chungeoram.com

문용신 新무협 판타지 소설

FANTASTIC ORIENTAL HEROES

절대호위

한량 아버지를 뒷바라지하며
호시탐탐 가출을 꿈꾸던 궁외수.

어린 시절 이어진 인연은
그를 세상 밖으로 이끄는데……

"내가 정혼녀 하나 못 지킬 것처럼 보여?"

글자조차 모르는 까막눈이지만,
하늘이 내린 재능과 악마의 심장은
전 무림이 그를 주목하게 한다.

"이 시간 이후 당신에겐 위협 따윈 없는 거요."

무림에 무서운 놈이 나타났다!

Book Publishing CHUNGEORAM

유행이 아닌 자유추구 -
WWW.chungeoram.com